웃음과 울음의 원무

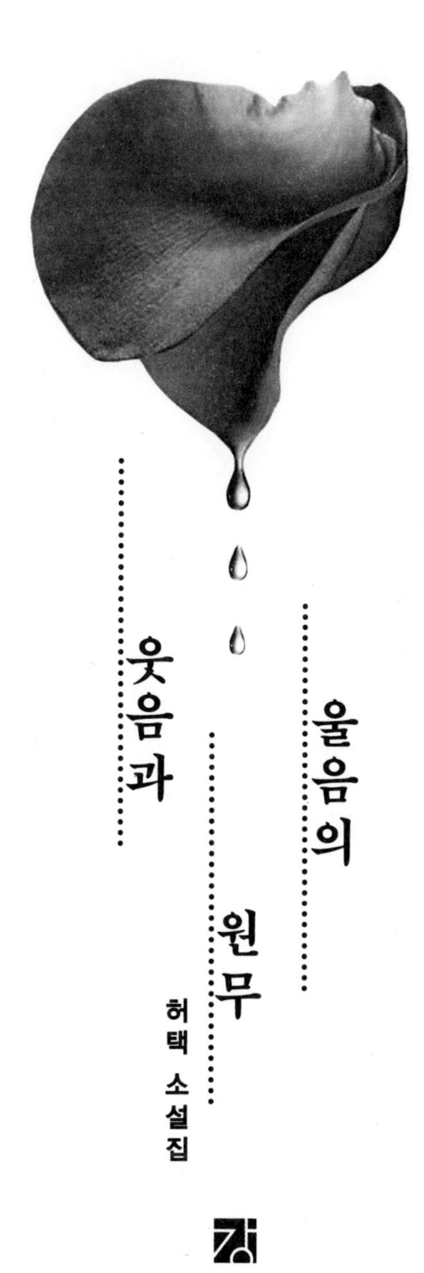

웃음과 울음의 원무

허택 소설집

차 례

마른장마

선뜻 발걸음이 나서지 않는다. 신발장을 열어보니 구두랑 운동화, 샌들 등 여러 종류 신발들이 너절하게 놓여 있다. 주섬주섬 찾아보지만 마땅하게 신고 나갈 구두는 보이지 않는다. 정주는 힐끗 신발장 옆 거울을 본다. 겨우 찾아 입은 외출복이다. 연한 연두색 블라우스에 곤색 긴 치마다. 외출복에 맞는 구두가 없네? 한 번 더 신발장을 훑어보지만 구두들이 마음에 들지 않는다. 다시 한번 거울을 본다. 잠을 설친 얼굴이 푸석하게 거울에 비친다. 다시 방으로 돌아와 옷장 문을 열어본다. 오래된 옷들뿐이다. '내가 왜 외출복에 신경 쓰지?' 나가려다 주춤하면서 화장실 문을 열고 전등이 꺼졌는지 본다. '가야겠다.' 길게 한숨을 쉬고 또다시 신발장을 연다. 깨끗하다고 생각이 드는 갈색 단화를 신는다. 옷에 어울리지 않는다. 그때 카톡 문자음이 울린다. 명희의 문자다. '우리 출발했어.' 뒷등이 뻣뻣해진다. 길게 한숨 쉬며 문고리를 힘껏 잡는다. 통화 안 하고 문자로 연락이 와서 다행이다. 명희의 목소리는 언제나 높고 날카롭다. 소프라노의 솔 음 정도다. 처음 만났을 때부터 명희의 목소리는 귓속 깊숙이 박혔다. 고등학교 2학년 반 편성 후 지정받은 자리에 앉자마자 옆에서 "나는 강명희야. 짝이 됐네. 우리 잘 지내자"라며 어수선하게 북적대는 교실에서 또박또박 말했다. 말들이 경쾌하게 귓속으로 들어왔다. 새로 반 편성 후 얼떨떨한 머릿속을 명희의 목소리가 꽉 찔렀다. 얼떨결에 "나는 김정주야"라며 서로 처음 인사를 나눴다. 짝꿍이 된 후 명희의 목소리는 명랑 쾌활하게 들렸다. 아침에 등교하면 언제나 먼저 인사말을 건넸다. "어젯밤 무슨 꿈을 꿨니?" "오늘은 좀 춥지?" "머리를 예쁘게 빗었네" 등 아침을 상쾌하게 만드는 말들이었다. 정주는 자신도 모르게 명희의 목소리 톤을 닮아갔다. 명희의 목소리에는 웃음기가 살짝 들어 있었다. 소프라노 솔 음 목소리로 명랑하게 말을 했다. 사람을 기분 좋게 하는 목소리였다. 이후 명희와 단짝이 됐다. 우리는 사춘기 소녀들의 관심사를 놓고 매일 틈만 나면 정신없이 이야기를 나눴다. 주로 명희가 꺼낸 이야기에 정주가 맞장구치면서 수다를 떨었다. 아이돌, 패션, 먹거리, 최신 유행 노래, 선생님에 대한 뒷담화

등 명희와 애기하다 보면 우울할 틈이 없었다. 하지만 정주는 중학교 3학년 때 아버지를 여의었다는 사실을 대학에 입학할 때까지 말하지 않았다. 정주는 고등학교 생활을 우울하게 시작했다. 언니는 알바를 하면서 대학을 다녀야 했다. 가정 형편이 갑자기 힘들어졌다. 정주는 굳이 집안 형편을 애기해서 명희를 우울하게 만들고 싶지 않았다. 명희도 집안 애기는 잘 하지 않았다. 하지만 가끔 목소리가 깜짝 놀랄 정도로 냉정해질 때가 있었다. 명희가 좋아하던 아이돌이 교통사고로 죽었을 때였다. 정주는 등교하자마자 명희 얼굴을 보며 "너무 슬프지" 하고 위로했다. 그러나 명희는 "응, 슬프지만 또 다른 아이돌을 좋아하면 되지 뭐"라며 아무렇지 않은 얼굴로 말했다. 목소리에 슬픔이 없었다. 명희는 오히려 슬퍼하는 정주를 의아한 듯 쳐다봤다.

두 사람은 대학 입학 후 잠시 헤어져야 했다. 그때 명희의 행동은 정주를 많이 놀라게 했다. 정주가 가정 형편상 교육대학을 지원했을 때 명희도 같이 교육대학을 지원했다. 이유는 단순했다. "그냥 너와 함께 대학을 다니고 싶어서." 정주는 몇 개월을 고민했다. 예술대학에 가서 실용음악을 전공하고 싶었다. 결국 어머니가 은근히 제안한 교육대학을 선택했다. "왜 고민해? 나는 어느 대학을 지원하든 집에서 걱정 안 해. 우리 부모는 이혼해서 각자 재혼했거든. 나는 이 집 저 집 떠돌아다녔어." 명희는 아무렇지도 않게 소프라노 솔 음의 목소리로 말했다. “지금은 아버지와 함께 살아. 내 밑에 새엄마가 데려온 여동생이 있어. 아버지는 그 여동생을 더 좋아하는 것 같아.” 마치 남 일처럼 말했다. 정주는 교육대학에 합격했지만 명희는 떨어졌다. 그렇지만 명희는 슬퍼하지도, 낙심하지도 않았다. “일 년 재수해서 너와 함께 대학을 다니고 싶어”라고 담담하게 말했다. 정주는 미안한 마음이 앞섰다. 명희는 입학식 날 장미 꽃다발을 들고 대학교 교문에서 친구를 기다렸다. 대학교 앞 유명한 떡볶이집에서 명희는 정주보다 더 명랑하게 떠들었다. “학교가 너무 좋구나. 재수해서 꼭 들어갈 거야. 일 년 동안 넌 똑똑하고 잘생긴 남학생들 많이 알아놔둬.” 대학 입학 후 정주는 아르바이트로 바빴고, 명희는 집안 사정으로 대구에서 지내야 했다. 서로 전화 연락만 했다. 휴대전화 속 명희의 목소리는 변함없었다. 일 년 후 명희는 합격했고 둘은 재회했다. 대학 시절 명희의 목소리는 언제나 변함없는 소프라노 솔 음이었다.

보름 전이었다. 5월은 장미 향기를 황홀하게 뿌리며 끝나가고 있었다. 오랜만에 대신동 이모댁에 들렀다가 집으로 가는 중이었다. 아파트 정원에 유난히 장미들이 활짝 피었다. 휴대전화 벨이 울렸다. 대학 동기 지애의 전화번호가 떴다. 받자마자 소프라노 솔 음의 목소리가 귀를 찔렀다. 가슴이 조이면서 손이 파르르 떨렸다. 명희의 목소리였다. 왜? 갑자기? 끊으려는 순간 명희가 말을 건넸다. “잘 지냈니? 나 명희야. 오랜만이다. 내 전화는 안 받을 것 같아서 지애에게 부탁했어." 아찔했다.

명희는 굳게 다문 의사의 입을 빤히 쨰려봤다. 의사의 입술이 쉽게 움직여지지 않는다. 바싹 마른 남편 얼굴을 힐끗 봤다. 남편은 고개를 푹 숙이고 있다. 이미 짐작하고 있다는 자세다. 의사는 다시 한번 진료 차트, 혈청종양 표지자 검사 차트, CT와 MRI 등을 자세히 훑어본다. 그는 입술을 약간 실룩거리다가 안경을 고쳐 쓰며 "으음……" 길게 헛기침을 낸다. "검사 결과 악성 종양인 췌관 선암종입니다……" 한번 시작한 말은 십여 분간 자세히 이어졌다. 또박또박 냉정했다. 명희는 가슴에서 치켜 올라오는 울음을 가눌 수 없다. 의사의 말들이 어디로 흩어지는지 알 수 없다. 명희는 흐느끼며 먹먹한 마음으로 듣는다. 남편은 미동도 없이 고개만 떨구고 있다. 의사는 판결을 내리듯 냉정하게 남은 시간이 이삼 개월 정도라고 말한다. 남은 시간 동안 잘 정리하라고 한다. 뭘 정리하지? 명희는 울음을 터뜨렸다. 남편이 슬며시 명희 손을 잡는다. 남편의 손은 차갑고 힘이 없다. 병원을 나서 아파트로 올 때까지 남편은 말이 없다. 명희가 자신이 운전하겠다고 말했지만 남편은 고집을 꺾지 않았다. 명희는 흐느끼며 남편의 운전하는 모습을 쳐다봤다. 당당하던 남편의 모습은 사라졌다. 시커멓게 쪼그라진 모습이 낯설기만 하다. 남편과 살아온 32년이 두 달 만에 낯설게 변했다. 남편은 두 달 전 친구들과 생선회를 먹고 온 후 복통과 설사가 여러 날 계속됐다. 장염이라 생각한 남편은 무던한 성질대로 아파트 근처 약국에서 약만 사서 복용했다. 그러나 황달기가 보이며 체중이 줄고 식사량도 많이 떨어졌다. 명희와 딸애의 성화에 결국 남편은 병원을 찾았다. 여러 가지 검사가 진행되었고, 오늘 받아 든 검진 결과는 악성 췌장암이었다.

아파트에 들어서자 남편은 서재로 들어가서 문을 잠근다. 명희가 울면서 문을 두드리자 문이 열렸다. "어떻게 할 거야?" 남편은 말없이 고개만 숙이고 있다. 남편의 숨소리조차 들리지 않는다. 두 사람은 한참을 그렇게 말없이 앉아 있었다. "수술은 받지 않겠어." 오랜 침묵 끝에 남편은 입을 열었다. "그래도 항암치료 받고 수술하며 노력해보자." 명희는 남편의 결정을 쉽게 받아들이고 싶지 않다. 그런데 갑자기 정주가 떠올랐다. 명희는 순간 스스로에게 깜짝 놀랐다. '왜? 정주가? 서로 연락하지 않은 지도 십 년이 넘었는데……' 명희는 울음을 멈추고 남편을 바라봤다. 낯선 남편 모습에 정주가 겹쳐졌다. 그때 휴대전화가 울렸다. 딸애 전화일 것이다. 남편이 정색하며 말한다. "수진이에게는 아직 검진 결과 말하지 마. 좀 더 경과를 지켜봐야 한다고 말해줘." 남편은 아들보다 큰딸애를 유난히 사랑한다. 아들이 가끔 퉁명스럽게 불만을 터뜨릴 정도로. 큰딸애 결혼하기 전날 밤, 서재에서 남편이 우는 소리를 들었다. 남편이 우는 것을 그때 처음 봤다. 딸애와 전화를 끊은 후 다시 정주가 머리에 떠올랐다. 결혼 후 남편은 정주 이야기는 전혀 하지 않았다. 간혹 서재를 청소하다 책상이나 책장을 뒤져봐도 정주와 관련된 물건은 없었다. 오히려 남편의 그런 무관심이 명희에게 불안했다. 결혼 후 정주와는 거의 연락을 하지 않았다. 십여 년 전 고등학교 졸업 30주년 기념 홈커밍 행사 때 정주를 본 것이 마지막이었다. 홈커밍 행사를 한 날 저녁에 아무렇지도 않게 남편에게 정주가 행복해 보이더라고 말했다. 남편은 무표정하게 듣고 있더니 딸애 대학 입시에 대한 이야기를 꺼냈다. 순간 명희는 남편보다 더 당황스러웠다. '나보다 더 냉정한가, 남편이?' 하루하루 수척해지는 남편을 옆에서 지켜보기 힘들었다. 명희는 정주에게 연락하기로 마음먹었다. 슬기로운 결정이라고 스스로 위로하면서.

6월 마른장마는 나이 들수록 걷기가 불편하다. 짜증스럽게 하늘만 쳐다본다. 습기를 잔뜩 머금은 먹구름만 하늘을 뒤덮고 있다. 간편한 복장이건만 걸음걸이가 묵직하다. 차라리 폭우나 쏟아지지. 괜히 약속을 했나? 후회된다. 언제나 명희 목소리에 속은 기분이다. 보름 전에 지애 이름으로 걸려온 전화를 받고 명희 목소린 걸 알았을 때 아찔했다. 자신도 모르게 말을 더듬었다. "어…… 오랜만이네." 계속 소프라노 솔 음이 귓속 깊이 파고들었다. 귓속이 웅웅거렸다. 꼭 만나야 된다는 것이었다. "난 바빠서……" 정신 차리고 겨우 대답했다. 명희는 막무가내였다. 전화를 끊어야 한다는 생각만 머릿속에 맴돌았다. 명희는 '빨리'와 '꼭'을 몇 번씩이나 되풀이했다. 손이 덜덜 떨렸다. 화가 들끓었다. 예전 언젠가처럼 발작을 일으키듯 고함을 질렀다. "못 만나." 그리고 휴대전화를 끊었다. 휴대전화를 잡은 오른손이 덜덜 떨렸다. 한 시간 간격으로 전화가 울렸다. 온몸이 덜덜 떨리며 식은땀이 흘렀다. 언제부턴가 오싹하게 들렸던 목소리가 밤새 귓가에서 맴돌았다. 결국 뜬눈으로 밤을 새웠다. 십여 년 만에 만나서 무슨 얘기를 나눈단 말이야. 삼십여 년 전 소프라노 솔 음을 잊으려고 밤새 머리카락을 얼마나 할퀴었나? 불면증, 우울증 치료제를 속이 쓰릴 정도로 복용해야 했다. 전화를 빌려준 지애가 원망스러웠다. 예전처럼 새벽녘까지 자학하다가 겨우 잠들었다. 불면증이 재발한 듯했다.

다음 날 초인종 소리에 정주는 힘들게 눈을 떴다. '누구지?' 몸과 마음이 묵직했다. 시계를 보니 여덟시 오십분이었다. 초인종 소리는 요란했다. 몇 년 만에 아침을 떠들썩하게 만드는 초인종 소리였다. 놀라서 비틀거리며 문으로 향했다. "누구세요?" "나 명희야." 명희의 목소리가 현관 너머에서 크게 울렸다. '어떻게 해야 하나.' 온몸이 굳어왔다. '내 아파트를 어떻게 알았지?' 손을 떨면서 현관문을 열었다. 서로 세월이 묻은 모습을 잠시 쳐다봤다. "어머! 살이 많이 빠졌네?" 명희가 놀란 표정으로 먼저 말을 꺼냈다. 반소매 흰 트레이닝 복장이었다. 오십대 중년이지만 여전히 건강해 보였다. 예전 그때처럼 불쑥 나타났다. 그녀는 당당했다. 어색함은 소프라노 솔 음이 이십여 평 아파트를 가득 채우자 사라졌다. 정주가 당황하고 싫은 기색을 비췄지만 명희는 아랑곳하지 않았다. 명희는 예전처럼 행동에 거침이 없었다. "날 좀 도와줘." 명희는 덥석 정주 손을 잡고 애원했다. 한민석 교수가 췌장암 말기 2개월 시한부 생명이라며 마지막으로 꼭 함께 만나달라고 했다. 한 교수는 모든 것을 내려놨으며, 죽는 날만 기다리고 있다고. 제발 만나서 살려는 의지를 자극해달라고. 한민석. 정주에게는 잊힌 이름이 불쑥 튀어나왔다. 정주는 듣기만 했다. 어처구니가 없기도 했다. 너희 부부는 날 어떻게 생각하는 거지?

명희는 정주의 아파트를 나서며 '이제 됐다'고 생각했다. 구름 덮인 하늘을 보며 편하게 긴 한숨을 내쉬었다. 남편에게 마지막 선물이 될 것 같았다. 정주의 눈동자가 흔들렸다. 명희는 친구의 눈동자를 잘 알았다. "제발, 꼭." 그녀는 정주의 손을 잡고 울먹이며 호소했다. 정주는 언제나처럼 말없이 듣기만 했다. 눈가가 많이 처진 친구의 눈동자는 빛이 없었다. 그녀는 체념한 듯 힘없이 고개를 끄덕였다. 삼십여 년 전에도 이야기가 끝날 즈음 정주의 눈빛이 사라졌었다. 통화 중에 정주는 차분하게 만나지 않겠다고 반복해서 말했다. 수업해야 하니 전화하지 말라고. 하지만 명희는 계속 정주에게 전화하며 문자를 보냈다. 옛 우정을 생각해서라도 만나달라고. 세 시간 만에 만나자는 답장이 왔다. 답 문자를 받자마자 바로 그녀가 근무하는 경주로 달려갔다. 카페에 앉아 있는 정주의 축 처진 어깨가 추레했다. 정주는 덤덤하게 얘기를 들었다. 명희의 머릿속에 짜여 있던 거짓말이 술술 흘러나왔다. 소프라노 레 음으로 목소리를 내면서 우정을 저버린 친구의 연기를 했다. 미안하다…… 너에게 죽을죄를 졌다…… 너무 큰 상처를 줬고, 영원히 몹쓸 인간으로 여겨달라…… 나 스스로 부도덕한 배신자라고 자학하고 있다…… 뱃속에 새 생명만 생기지 않았어도…… 명희는 울먹이며 간절하게 애원했다. 목소리에 비음을 듬뿍 섞어서 애절하게 연기했다. 할 수 있는 만큼 슬프게 보이려 했다. 명희는 나름의 우정을 표정으로 보여줬다. 마음속 반쪽만은 정직하고 싶었다. 정주의 얼굴을 힐끗 쳐다봤다. 정주는 고개를 삐딱하게 돌린 채 멍하게 카페 바닥을 쳐다보고 있었다. 명희의 얘기를 듣지 않는 듯했다. 명희가 오히려 섬뜩했다. '왜 이러나?' 그러나 곧 마음이 조용히 가라앉았고, 거짓말이 쉽게 나왔다. "민석이 오빠와 의논해서 아이를 지우려 했는데……" 자연스럽게 민석이 이름이 입에 담아졌다. 정주는 눈빛을 잃어가며 얼굴이 새하얗게 변했다. "나라는 친구를 네 머릿속에서 완전히 지워버리렴. 민석이 오빠가 유산을 반대했어." 쉽게 나오는 거짓말에 명희 스스로 놀랐다. 명희의 말이 겨우 끝나자 "알았어"라는 말이 정주 입에서 힘없이 마지막으로 새어 나왔다. 더 이상 앉아 있기가 힘든지 고개를 숙인 채 정주는 카페를 떠났다. 뒷모습이 너울처럼 흔들렸다. 명희는 씩 웃으며 남은 커피를 냉수처럼 들이마셨다. 친구는 홀가분하게 떠났다. 고개를 숙인 채 눈물을 보이지 않았다. 명희는 쉽게 거짓 연기가 끝났다고 웃음을 지었다. 너울처럼 흔들리는 친구의 뒷모습은 금방 지워졌다. 첫번째 연기는 끝났다. '정주를 다시 만날 수 있을 거야.' 거짓말한 것이 후회되지는 않았다. 민석이에게 할 거짓말을 머릿속에서 되새겼다. 민석에게 바로 만나자고 전화했다. 민석이는 바쁘다는 핑계를 댔지만 서둘러 약속을 잡고 부산으로 향했다. 민석이는 정주와 자주 만나던 카페에 얼굴을 찌푸린 채 기다리고 있었다. 억지로 나왔다는 게 표정에서 드러났다. 명희가 개의치 않고 옆에 앉자 민석이는 맞은편으로 바꿔 앉았다. 옆자리로 오라고 했지만 뻣뻣한 자세로 그냥 있었다. 명희는 아무렇지 않게 거짓 이야기를 토해냈다. 뱃속에 새 생명이 있으며 정주에게 우리 애기를 했다고. 민석은 깜짝 놀랐다. "아이를 가졌어." 민석은 그냥 일어나서 밖으로 나갔다. 큰딸애는 아직 뱃속에 있지 않았다. 그때 큰딸애는 거짓으로 만들어졌다. 보름이 지난 후 큰딸애가 민석이 오피스텔에서 생겨났다. 그날 가을비가 촉촉이 내렸다. 명희는 그때부터 기쁘게 새 생명에 대해 얘기했다. 민석은 여전히 어두운 얼굴이었다. 정주에 대한 얘기는 서로 하지 않았다. 명희는 '정주는 참 좋은 친구였어'라며 혼자 우정을 되새겼다. '나를 편하게 해주면서, 내 우울한 기분을 명쾌하게 끝내줘.' 임신한 후부터 민석의 입에서 정주 이름이 한 번도 튀어나오지 않았다. 민석은 입이 무거워졌다. 두 사람은 큰딸 대신 정주를 지우기로 했다. 명희는 꿈속에서 정주의 빛 잃은 눈동자를 가끔 봤다. 깨어나도 미안하거나 보고 싶은 생각이 전혀 나지 않았다. '언젠가 또 보겠지.' 정주를 쉽게 생각했다.

배가 불러올 즈음 민석은 행정고시에 합격했다. 민석은 말을 점점 줄였다. 첫 발령지인 김해로 가기 전에 급히 결혼식을 올렸다. 명희는 큰딸을 순산했다. 남편은 큰딸을 극진하게 사랑했다. 결혼 후 정주의 빛 잃은 눈동자는 명희의 꿈속에서 밝은 조명 아래 뚜렷하게 나타났다. 악몽이었다. 밝은 조명 아래 빛 잃은 눈동자는 소름을 돋게 했다. 깜짝 놀라서 깨면 남편이 씩 웃고 있는 듯했다. 코 고는 소리를 듣고 '휴' 안도의 숨을 쉬곤 했다. 가끔 남편에게 묻고 싶었다. 정주의 꿈을 꾸는지, 정주는 어떻게 꿈속에 나타나는지. 하지만 한 번도 묻지 않았다. 악몽에서 깨면 그녀는 정주의 눈동자를 쉽게 잊어버렸다.

버스에서 내려 호텔까지 가는 정주의 발걸음이 힘겹다. 삼백여 미터 저편에 호텔이 마라톤 결승점처럼 보인다. 열대 사막을 걷는 것 같다. 한 걸음마다 뜨거운 모래에 푹푹 빠져드는 듯하다. 90퍼센트 습도에 32도의 열기로 숨이 막힌다. 그냥 서 있어도 땀이 온몸에 줄줄 흘러내린다. 끈적끈적한 땀으로 등판이 간지럽다. 손수건으로 이마에 흐르는 땀을 닦아도 쉴 새 없이 눈으로 땀이 스며든다. 한 걸음 뗄 때마다 역병에 걸린 사람처럼 흐느적거린다. 하늘은 먹장구름으로 잔뜩 찌푸려 있다. 차라리 그때처럼 장맛비라도 내렸으면 좋으련만. 그들을 만나기 두렵다. 한 걸음마다 온갖 생각이 뒤엉켜 머릿속에 떠오른다. 가슴까지 먹먹하다. 오늘은 그들의 꼴을 볼 자신이 없다. 낚싯바늘에 낚인 물고기처럼 열기 속에서 허우적거릴 것 같다. 한 걸음도 움직이지 못하고 마른장마 속 덫에 걸린 꼴이 될 것 같다. 그때는 폭우가 쏟아졌었다. 그들의 꼴을 보고 심장마비 걸린 듯 경련이 일어났지만 폭우 속으로 뛸 수 있었다. 폭우가 쏟아지는 대신동 숲길에서 비를 맞으며 경련을 멈출 수 있었다. 다시 집으로 돌아갈까? 그들은 왜 날 만나려 할까? 민석이는 왜 췌장암에 걸렸을까? 한 걸음마다 머릿속은 고장 난 컴퓨터처럼 아프게 찍찍거린다.

삼십여 년 전 기간제교사로 경주 K초등학교에서 근무하던 때였다. 학기말고사 시험 감독 때문에 주말에 부산으로 갈 수 없었다. 그런데 갑작스런 학내 사정으로 금요일 시험이 연기

됐다. 뜻밖의 시간 여유가 생기자 정주는 민석을 놀라게 하고 싶었다. 전화 연락도 없이 부산행 버스를 탔다. 장맛비는 앞을 가릴 정도로 쏟아졌지만 빗소리는 정주에게 즐거운 멜로디로 들렸다. 대신동 고시텔로 가는 정주의 발걸음은 폭우 속에서도 경쾌했다. 근처 편의점에서 맥주 두 캔과 땅콩을 샀다. 대신동 숲속 고시텔은 장맛비에 흠뻑 잠겨 있었다. 정주는 폭우 소리에 맞춰 흥겹게 콧노래를 불렀다. 고시텔 삼층 민석의 방까지 가는 동안 아무도 만나지 않았다. 주말이면 북적대던 고시텔이 정적에 싸여 있었다. 콧노래를 부르며 노크를 하려는데 문이 살짝 열려 있었다. 깜짝 놀라게 해야지. 심장 박동수가 최고치로 뛰었다. 문을 조심스럽게 여는 순간 비릿한 내음과 뜨거운 신음 소리가 코와 귀를 찔렀다. 그리고 눈이 크게 떠졌다. 눈앞의 장면은 심장이 멈출 정도로 적나라했다. 벌거벗은 몸의 율동은 정주에게 지옥도로 보였다. 10평 방은 온통 뜨거운 신음 소리로 가득 찼다. 방이 신음 소리로 터질 것 같았다. 그들은 정주를 보지도 못하고 뜨거운 율동에 빠져 있었다. 민석이와 명희였다. 두 사람은 왜 이런 짓을 하고 있지? 눈도, 입도 그들 앞에서 멈춰버렸다. 가슴이 멈추려는 순간 발길을 폭우 속으로 돌렸다. 문이 닫히는 소리에 그들의 뜨거운 숨소리도 잠시 멈췄다. 민석의 '앗' 소리가 들렸다. 폭우 속을 정신없이 뛰었다. 허우적거리며 대신동 숲길로 숨었다. 울음이 터졌지만 폭우 소리에 묻혔다. 눈물인지 빗물인지 마냥 얼굴에 흘러내렸다. 장맛비 속에서 정주는 몇 시간을 멍하게 있었다. 그 짓이 도대체 뭐지? 그들은 왜 그 짓을 하지? 머릿속에 알 수 없는 의문이 스쳐 갔다. 몇 시간 후 폭우는 심장을 잠잠하게 했다. 정주는 오히려 냉정해지는 자신을 느낄 수 있었다. 계속 휴대전화가 울렸다. 정주는 휴대전화를 껐다.

그날 이후 밤마다 그들은 괴물이 되어 정주의 밤을 빼앗아 갔다. 벌거숭이 두 사람이 뒤엉켜 한 몸이 돼서, 입에서 불을 내뿜고 괴성을 지르며 정주의 밤을 괴롭혔다. 눈만 감으면 벌거숭이 흰 괴물이 눈앞에 나타나서 집 안을 쓰나미처럼 휘젓고 다녔다. 수면제를 복용해도 소용없었다. 수면제 용량만 점점 늘어났다. 수면제가 점점 늘어날수록 흰 괴물은 더 무섭게 정주를 괴롭혔다. 그 짓을 그렇게 쉽게 할 수 있어? 나는 아직 그 짓을 하지 못해! 나는 왜 못했을까? 나는 못났어. 알바를 마친 후 민석이 처음 손을 잡았을 때 가슴이 콩닥콩닥 뛰었다. 가슴에 처음 느껴지는 흥분이었다. 민석이에게 들키지 않으려고 고개를 돌리고 크게 한번 숨을 쉬었다. 서로 손을 잡고 난 후 민석의 스킨십은 빨라졌다. 손에서 어깨로, 허리로, 민석의 손은 뜨겁게 정주 몸에서 움직였다. 민석의 숨소리가 점점 뜨거워지고 가빠졌다. 그의 입술이 정주의 몸을 더듬기 시작했다. 정주는 가슴만 크게 뛰면서 머뭇거리며 당황했다. 정주는 움츠리면서도 어쩔 수 없이 그에게 몸을 맡겼다. 그러나 민석이 그것을 원했을 때, 정주는 확 일어나서 옷맵시를 고치며 강하게 거부했다. "그것만은 결혼 후에 하자. 결혼 후에는 마음대로 할 수 있잖아." 민석의 표정이 험악해졌다. 정주가 처음 보는 얼굴이었다. "알겠어." 체념한 듯했다. "행정고시 합격하면 바로 결혼하자." 정주가 살포시 그를 껴안았다. "넌 남자의 속성을 너무 몰라." 민석은 불만스럽게 내뱉었다. 씩씩거리는 민석의 얼굴이 벌겋게 달아올라 있었다. 정주는 그 짓을 아무렇게나 할 수 없었다.

행정고시를 10개월 앞둔 어느 날이었다. 계속 민석이와 명희에게서 전화가 왔다. 받을 수 없었다. 처참해지는 자신이 원망스러웠다. 주말에 부산 집에 머무는데 명희가 찾아왔다. 만나자마자 다짜고짜 왜 전화를 받지 않느냐고 따졌다. 성난 소프라노 솔 음이었다. 온몸이 오싹했다. 소프라노 솔 음이 가슴과 온몸을 아프게 했다. 정주는 무슨 변명을 했는지 기억할 수 없었다. 그냥 명희의 목소리가 무서웠다. 한동안 부산에 가지 않고 경주에 머물렀다. 민석이 경주로 찾아왔다. 실수였다고, 미안하다고. 만나자마자 그는 정주에게 잘못을 빌고 용서를 구했다. 민석의 얼굴은 암울했다. "너는 남자를 몰라." 그러면서 사랑한다고 외쳤다. 그렇게 애절하게 얘기하는 민석을 처음 봤다. 정주는 훌쩍이며 듣기만 했다. 그녀는 밤마다 나타나는 벌거숭이 흰 괴물을 물리칠 자신이 없었다. 마지막으로 민석에게 헤어지자는 말을 힘없이 던졌다.

고통을 호소하는 남편의 목소리는 나날이 높아졌다. 남편의 방문은 꼭 잠겨 있었다. 아무리 두드려도 한번 잠기면 그만이었다. 처음에는 통곡하거나 화를 내면서 문을 두드렸다. 그러나 남편 성격을 아는 터라 결국 남편 하는 대로 내버려둘 수밖에 없었다. 식사가 준비되면 크게 고함을 질렀다. 남편은 비틀비틀 걸어 나와 몇 술 뜨고는 다시 방으로 숨어들었다. 명희는 하루하루 커지는 신음 소리를 들어야 했다. 남편의 방은 시체안치실로 변해가는 것 같았다. 근심으로 명희의 얼굴도 시커멓게 되었다. 한 달 만에 남편의 체중은 십 킬로그램이나 줄었다. 복부 통증은 진통제도 소용없었다. 밤낮으로 괴물처럼 울부짖기만 했다. 모르핀 양도 점점 많아졌다. 당당하던 남편 모습은 사진 속에만 남아 있었다. 명희를 설레게 했던 잘난 행색은 사라졌다. 낯선 사람처럼 느껴졌다. 군수까지 역임하고 모교에서 교수로 재직했던 모습은 찾아볼 수 없었다. 통증으로 괴성만 지르는 애처로운 시한부 생명의 모습뿐이었다.

처음 본 남편의 모습은 황홀했다. 민석이가 정주와 함께 카페에 들어섰을 때 명희는 위풍당당한 행색에 전율을 느꼈다. 정주는 은근히 애기만 꺼내고선 보여달라고 다그쳐도 민석을 보여주지 않았다. 정주는 수다 떨면서 보고하듯이 가끔 민석에 대해 애기했다. "이 년 전 알바를 함께 하면서 알게 됐어.

사귄 지 일 년쯤 됐어. K대학교 경영대학에 다니고 나보다 삼 년 오빠야." 명희는 대학 입학 후 썩 마음에 내키지 않는 남자들과 데이트를 했다. 얌전한 친구가 로또에 당첨된 것 같았다. 정주가 부러웠다. 그러다가 정주가 셋이 함께하는 자리를 만들었고, 명희는 그럴 때마다 기꺼이 함께했다. 민석은 명희를 정주의 절친으로만 여기는 모습이었다. 정주는 마냥 즐거워했다. 명희는 스스럼없이 민석을 뜨겁게 바라보곤 했다. 민석은 그런 눈길에 개의치 않았다. 민석의 눈길은 정주에게만 머물렀다. 명희는 점점 갈등을 느꼈다. 기간제교사로 경주로 발령받았을 때, 정주는 명희에게 간곡하게 부탁했다. "오빠가 행정고시 준비한다고 고시텔에 있을 거야. 가끔 찾아가서 나 대신 격려 좀 해줘." 정주의 부탁이 귓속에 기분 좋게 박히며 콧노래가 절로 나왔다. 가끔 민석을 만나러 고시텔에 갈 땐 정주의 친구가 아니라 오로지 강명희로서 그렇게 했다. 처음에는 무뚝뚝하던 민석의 얼굴이 조금씩 흔들렸다. 개나리가 고시텔 앞뜰에 피었던 어느 토요일, 명희는 맥주 두 캔을 사서 민석의 긴장을 풀어주려고 고시텔을 찾았다. 그날따라 민석의 얼굴이 벌겋게 달아올라 있었다. 숨소리도 거칠었다. 한 시간 전에 정주가 왔다 갔다는 것이었다. "정주를 다시 부를까?" 전화를 걸려는 명희를 민석이 말렸다. 맥주를 함께 마시며 민석의 눈빛이 흔들리는 것을 봤다. 남자 냄새가 고시텔 방을 가득 채웠다. 명희는 속으로 까르르 웃었다. 정주가 할 수 없는 행동을 하기 시작했다. 명희는 쉽게 행동할 수 있었다. 민석에게서 남자 냄새가 점점 짙게 풍겼다. 굳이 정주에게 그들 관계를 얘기할 필요가 없었다. 고시텔 방에는 두 사람 냄새만 가득 차갔다. 민석은 명희 앞에서 강한 남자로 변신했다.

더 이상 낯설게 보이는 남편이 싫다. 밤낮 듣는 남편의 괴성도 지겨워지곤 한다. 저녁을 먹는 남편 앞에서 울며 마지막으로 여행을 가자고 했다. 남편은 한동안 가만있더니 수저를 내려놓고선 '그러자'는 한마디만 던지고 방으로 들어갔다. 남편의 대답을 듣자마자 정주의 휴대전화 번호를 눌렀다. 번호를 누르면서 잠시 스스로도 의아해했지만 억지로 마음을 다잡았다. '틀림없이 정주는 남편을 살릴 수 있을 거야. 정주에 대한 죄의식이 악성 암으로 변질됐어. 남편은 췌장암이 치유되면 정주에게로 가겠지? 그럼 나는 두 사람에게 미안해하지 않아도 되고.' 후덥지근한 열기가 명희를 비열하게 몰아붙였다. 또 남편 방에서 신음 소리가 처참하게 들린다. 저 괴성을 정주와 함께 들어야 한다. 헉헉거리며 귀를 막는다. 정주가 전화를 받지 않는다.

호텔 정문이 백 미터쯤 앞에서 가물거린다. 땀으로 범벅이 된 시야는 흐릿하다. 또 망설여진다. '전화로 못 가겠다고 얘기하고 집으로 돌아갈까? 지금 그들을 만나서 어떻게 할 것인가?' 이때 구급차 사이렌이 끈적한 열기를 뚫고 요란하게 들려왔다. 발길이 구급차 사이렌에 놀라 멈춘다. 구급차는 호텔에서부터 굉음을 내며 정주의 반대 방향으로 질주한다. 그들을 한 번은 봐야 할 것 같다. 겨우 호텔 쪽으로 발걸음을 내딛는다. 밤새 뒤척이던 후유증이 두통으로 남아 있다. 두 사람의 결혼식 청첩장을 받자마자 찢어버렸다. 뻔뻔스럽다고 생각했다. 아니 못난 스스로가 더 비참했다. 하루하루 불면증이 심해졌다. 수면제도 소용없어서 매일 밤 소주를 반병씩 마셨다. 거울 속 모습은 나날이 초췌해졌다. '그 짓을 쉽게 할 수 있다니.' 이해할 수 없는 혼돈에 깊게 빠졌다. 언니나 엄마의 걱정이나 잔소리, 야단은 귀에 들어오지 않았다.

울주군 시골 초등학교에 발령받고서 부산과의 왕래를 끊었다. 숨고 싶었다. 그들을 피하고 싶었다. 도시는 그들의 아지트 같았다. 세월은 약이 될 수 없었다. 엄마가 세상을 떠났을 때 사십대 중반이 됐다는 것을 깨달았다. 불효의 눈물은 또 다른 자학이었다. 장맛비가 쏟아지던 마흔여섯 살 어느 날 퇴근 무렵, 교무실 문을 열고 민석이가 나타났다. 이곳에서 근무하는 줄 어떻게 알았지? 깜짝 놀랐다. 사십대 후반의 세련된 모습이었다. 반듯하게 입은 양복만으로도 사회적 지위를 짐작할 수 있을 것 같았다. 교감 선생님이 민석을 보며 놀라서 달려왔다. "부군수님이 어떻게 연락도 없이 오셨습니까?" 부군수? 정주는 혼란스러웠다. 민석은 차분하게 교감 선생님에게 대답했다. 정주가 대학교 때 절친이었고 그동안 못 만나다가 우연히 여기 근무하는 것을 알게 돼서 찾아왔다고. 교감선생님은 알았다는 듯이 웃음을 지었다. 읍내 커피숍까지 민석이가 운전하는 동안 몇 마디 주고받지 않았다. 하지만 정주는 뛰는 가슴에 숨이 찼다. 민석이 말수가 적은 건 여전했다. 저녁나절 읍내 커피숍은 조용했다. 그들은 구석진 자리에 앉았다. 민석이가 셀프로 커피를 가져와서 자리에 앉자마자 급하게 얘기를 꺼냈다. 언뜻 본 민석의 눈가가 불그스레했다. 낮술을 한 건지 술기운이 조금 남아 있는 모습이었다. 정주는 뛰는 가슴을 진정시키려고 들숨 날숨을 하며 속으로 숫자를 셌다. 고개를 들 수가 없었다. 비스듬하게 고개를 숙여 테이블 위 커피잔만 바라봤다. 두 손을 테이블 밑에서 꼼지락거렸다. 사십대를 넘었어도 두 사람의 분위기는 젊은 시절과 별다르지 않았다. "요즘 너에 대한 악몽을 많이 꿔." 그의 목소리는 비장했다. "그냥 세월을 보내기에는 가슴에 맺힌 죄의식과 미안함이 너무 커서 한 번만이라도 꼭 만나고 싶었어." 그의 얼굴은 울 것 같았다. 헤어진 후 이십여 년이란 세월이 그들에게 깊은 골을 만들었고, 둘 사이는 암연으로 가득 찼다. 아내가 큰딸을 임신했다는 거짓말만 안 했어도 아내와 결혼하지 않았을 거라고. 아내가 큰딸을 가졌다고 얘기하는 바람에 정주를 떠날 수밖에 없었다고. 큰딸에 대해 책임을 지고 싶었다고. 그래서 어쩔 수 없이 명희와 결혼했다고. 큰딸을 출산한 후에야 거짓말인 줄 알았지만 이미 모든 것이 끝난 뒤였다고. 어쩔 수 없이 살아왔다고. 목소리에 물기가 짙게 묻어났다. 너무 늦은 후회였다고. 이십여 년 동안 큰딸 크는 것만 보고 살았다고. 큰애가 잘 크는 모습을 보는 것으로 너에 대한 죄의식을 지우고 살았다고. '왜 지금 이런 말로 변명하지? 이십여 년 만에 갑자기 나타나서 왜 옛일을 털어놓지?' 정주는 혼란스러웠고, 갈피를 잡을 수가 없었다. 민석은 집에 가야 한다는 정주의 손을 굳게 잡았다. 오늘은 밤늦게까지 함께 있고 싶다고. '나를 어떻게 생각하는 거지? 이런 식으로 이십여 년 세월을 보상하겠다는 건가.' 도깨비처럼 갑자기 나타나서 털어놓는 말에 정주는 얼떨떨했다. 커피숍을 나와 읍내의 유일한 레스토랑에서 식사를 하며 맥주를 마시는 서너 시간 동안 태풍이 몰아치는 듯했다. 민석은 맥주를 마시며 쉴 새 없이 떠들었다. 이십여 년간 하지 못한 말을 다 털어놓는 듯했다. 정주는 차츰 진정되어갔고 눈가에는 물기가 맺혔다. 그러나 어떻게 해도 비참한 느낌을 지울 수 없었다. 레스토랑에서 나와 공원 벤치에서 함께 맥주를 마시며 두 사람은 말없이 눈물만 흘렸다. 그믐달이 두 사람의 눈물을 조용히 삼켰다. 정주는 아직도 벌거숭이 흰 괴물이 밤마다 괴롭힌다는 말은 하지 않았다. 아니, 하고 싶지 않았다. 며칠 후 정주는 민석의 휴대전화로 문자를 보냈다. 이십여 년 세월은 너무 깊은 골을 만들었다고. 암연만 남아 있다고. 나를 위해 부디 조용히 있어달라고. 두 번 똑같은 문자를 보냈다. 그 이후 몇 번 전화가 왔지만 받지 않았다. 세월이 흘러가는 것을 기다렸다. 다음 해에 갑작스레 부산 근처 초등학교로 발령받았다. 더 이상 교편을 잡을 수 없었다. 퇴직하고 큰형부 회사의 사무직으로 옮겼다. 그러고는 명희의 큰딸 결혼식에서 민석의 모습을 먼발치에서 본 게 마지막이었다.

사이렌의 여운이 귓가에 맴돌면서 발걸음이 멈췄다. 호텔 정문이 가물거리며 아득하게 여겨진다. 민석의 모습을 되새겨본다. 젊은 날 깔깔거리며 즐거워하던 얼굴이 떠오른다. 땀은 쉴 새 없이 온몸에서 흐른다. 눈으로 스며드는 땀을 닦아도 시야는 점점 더 흐릿해진다. '비라도 쏟아지지.' 한숨을 쉬며 걸음을 호텔 정문으로 내딛는다. 아픈 민석의 모습은 어떨까? 걱정이 앞서며 호텔 문을 민다.

이제는 남편에게 맞는 옷이 없다. 빳빳하게 입던 스포츠웨어도 허수아비처럼 헐렁거린다. 남편은 허수아비보다 더 왜소해졌다. 가슴을 뛰게 했던 남편의 건장한 어깨가 사라졌다. 모처럼 만의 외출인지 남편은 깨끗하게 세안했다. 봄 점퍼를 입히며 드러난 견갑골이 힘겹게 꿈틀거린다. 단단했던 상체에 늑골만 앙상하게 드러난다. 눈가에 물기가 맺힌다. 우정을 깨면서까지 빼앗았던 남편이다. '정주를 만나면 행복해할 거야. 정주도 좋아하겠지. 세 명이서 모처럼 만나네. 남편과 정주를 위한 마지막 선물이야.' 남편은 큰딸 결혼 후 부쩍 말수가 적어졌고 서재에 혼자 있는 시간이 많아졌다. 남편이 밤마다 마시는 위스키 한잔이 친구에 대한 죄의식인 걸 알고 있었다. 질투가 났다. 가끔 위스키를 함께 마시며 정주 얘기를 꺼냈다. "보고 싶어, 계집애. 다 지나간 일인데…… 이제는 함께 만나도 좋을 텐데." 남편은 그럴 때마다 명희를 무섭게 노려봤지만, 그녀는 애써 모른 체했다. 명희는 가끔 친구가 보고 싶었다. 그녀의 가슴에 친구와의 추억이 되살아났다. 남편을 알기 전 추억이었다. 남편 어깨를 쓰다듬으며 등 뒤에서 껴안아본다. 그녀의 가슴에 폭 안긴다. 마음이 울컥한다. 남편이 소스라치게 놀라며 떨어진다. '아직은 내 남편이다.' 다시 한번 어깨를 쓰다듬는다. 남편 덕분에 그간의 세월은 그럭저럭 행복했다. 남편은 여자들이 부러워할 생활을 만들어줬다. 어느 때나 사모님으로 불렸다. 과장 사모님, 국장 사모님, 부군수 사모님, 군수 사모님, 교수 사모님 등. 나이가 들수록 화려한 명칭으로 불렸다. 속으로 남편을 만족스럽게 여겼다. 남편 생각은 어떠한지 궁금하지도 않았고, 고민도 하지 않았다. 그때그때 맞춰 사모님 행색을 즐겼다. '그때 거짓말하길 잘했어. 정주에게는 미안했지만.' 가끔 정주가 나타나는 악몽을 꾸는 것으로 미안함을 달랬다. 오늘 정주를 만난다는 것을 남편에게 얘기하지 않았다. 남편을 놀라게 하기 위해 이십 분 먼저 호텔에 도착해서 얘기할 작정이다. 바깥으로 나오자 습도 높은 열기에 남편이 헉헉거리며 괴로워서 비틀거린다. "마른장마네. 힘들다." 남편이 가슴을 쓸어내며 겨우 말을 한다. 차를 타자마자 에어컨을 켰다. 차창이 습기로 뒤덮이며 시야가 가려진다. 윈도브러시가 빽빽하게 습기를 지운다. "꼭 여행 가야겠어?" 남편이 물어본다. "어때서? 마음 정했으니 떠나자!" 명희의 말에 남편은 체념한 듯 "늪에 빠지는 기분이야" 하며 좌석에 파묻힌다. 열기 뿜는 사막을 달리는 것 같다. S호텔에 도착하자 남편이 깜짝 놀란다. "여기서 잠시 누구를 만나서 함께 경주로 여행 가자." "누구?" "커피숍에서 이야기해줄게." 바깥 열기를 마실 때마다 남편은 고통스러워한다. 호텔 커피숍은 오전 나절이라 조용하다. 명희는 남편을 보면서 살짝 의미심장한 웃음을 지으며 말한다. "여기서 정주를 만나기로 했어. 셋이서 함께 경주로 여행 가자!" "정주?" 남편 얼굴이 시뻘겋게 변하며 움푹 파인 눈이 크게 떠진다. 남편의 목소리가 격하게 높아진다. "당신 지금 제정신이야?" "왜? 어때서? 이제는 서로 웬만큼 감정이 삭을 나이 아닌가? 정주에게 당신 간호도 부탁하려고." 남편이 가슴을 손으로 탕탕 치며 말한다. "나쁜 여자! 이 꼴을 정주에게 보이라고? 지금 와서 만날 이유가 있나? 서로 편하게 만날 수 있다고 넌 생각하냐?" 가쁜 숨에 남편의 말이 제대로 이어지지 않는다. "너의 감정을 위해…… 우리를 끝까지…… 이용하냐?" 남편은 의자에서 비틀거리며 일어나 문 쪽으로 걸어 나간다. 명희가 놀라며 붙들자 힘껏 뿌리친다. 두 사람이 함께 넘어진다. 호텔 직원들이 급히 다가와서 그들을 일으킨다. 남편은 온몸을 덜덜 떨며 의식을 잃어간다. "빨리 구급차를 불러!" 호텔 직원이 급하게 외친다. 명희의 울음만 호텔 로비에 계속 울려 퍼진다.

정주는 호텔 정문에 도착해 안도의 한숨을 내쉰다. 삼백 미터가 긴 하루를 만든 듯하다. 걸어오면서 그들을 반갑게 보자는 주문을 열 번 정도 외었다. 호텔 로비가 정적에 묻혀 있다. 커피숍에 혼자 앉아 기다린다. 삼십 분이 지났는데도 그들은 나타나지 않는다. '또 그들에게 농락당했나? 아니야, 만난다고 약속한 내가 어리석지!' 비참해진다. 그들은 또다시 벌거숭이 흰 괴물로 변신했다. 세월이 흘러도 벌거숭이 흰 괴물은 상처를 헤집는다. 어깨가 움츠려지며 가슴이 조여온다. '오지 말아야 했어.'

그렇게 쉽게 남편에게 죽음이 올 줄 몰랐다. 일주일은 남편의 마지막 가는 길을 위해 눈물범벅으로 보냈다. 남편에게 마지막 선물을 하고 싶었던 것뿐인데…… 큰딸애의 통곡은 유달리 주위 사람들의 애간장을 태웠다. 남편의 장례가 끝나자 정주가 떠올랐다. 남편이 없으니 이제는 홀가분하게 정주에게 전화해도 될 것 같다. 고등학교 시절 처음 만났을 때처럼 소프라노 솔 음으로 우정을 느끼며 말해야겠다. '남편은 편하게 하늘로 갔어. 이제 편하게 만나서 고등학교 시절의 추억을 되새기며 우정을 되살리자. 우리는 옛 우정을 다시 느낄 생이 남아 있잖아.' 소프라노 솔 음으로 말해야겠다.

영도와 여의도 사이

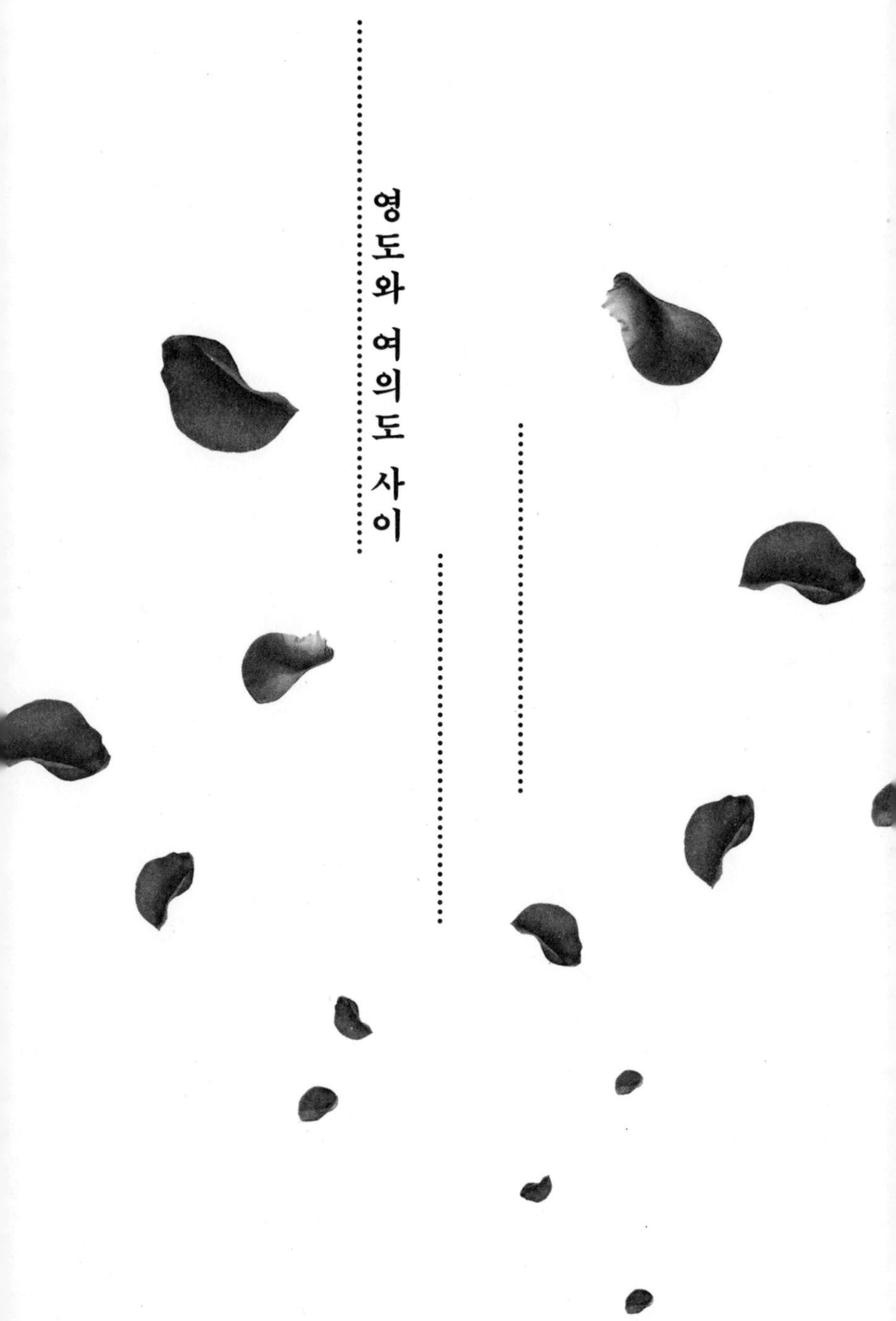

'아버지'라고 부르는 아들 목소리가 핸드폰에서 크게 울린다. 귀가 따갑다. 아들 목소리가 이틀 전보다 더 크게 귓속으로 파고든다. "응." 이틀 전보다 더 힘없이 대답했다. "빨리 결정해서 집을 부동산 중개사무소에 내놓으세요. 고민할 게 뭐 있어요? 집주인이 한 달 안에 결정하라고 하네요." 지하철 안인 듯 다음 종착역을 방송하는 여자 목소리가 들린다. "지금 내려야 하니까 끊습니다. 제발 빨리 마음 정하세요." 급하게 말하면서 전화를 끊는다. 아들이 서울 생활을 한 후 목소리가 날카롭고 급해졌다. 어릴 적부터 말투가 아둔해 아내가 걱정했었다. "사회생활 잘하려면 말이 분명해야 하는데……" 그런 아들 목소리가 서울 생활하면서 달라졌다. 며칠째 잠 못 이루게 한 두통이 또 괴롭힌다.

두통으로 괴로운 고개를 들었다. 벚꽃이 만개해 저녁 햇살을 듬뿍 담고 있다. 올해는 빠르게 핀 것 같다. 노을에 물들어 벚꽃잎들이 더 탐스럽다. 저녁 산책 발걸음이 무겁다. 처남 덕분에 남천동 비치아파트 벚꽃 풍경을 오 년째 보고 있다. 이곳도 곧 재개발된다니 벚꽃 풍경도 이삼 년 남은 셈이다. 결혼 후 이십여 평 아파트를 이곳저곳 전세로 옮겨 다니다가 처남이 사둔 아파트가 재개발 붐으로 가격이 급상승하자 전세금 없이 임대해줬다. 25평 아파트인데, 오 년째 이사 걱정은 없지만 마음은 편치 않다. 아파트 명의는 처남댁으로 되어 있다. 십오 년 전 투자 목적으로 매입한 후 아파트 값이 오르자 처남은 싱글벙글 웃으며 노후 대책 잘했다고 여유를 부린다. 올해는 비바람 부는 날이 없어서 유난히 벚꽃이 환하게 만개했다. 여기저기 가로등 빛으로 찬란하게 빛나는 벚꽃을 찍는다고 한가하던 도로가 북새통이다. 주말이라 더욱 심하다. '전에 살던 영주동 아파트와 별다를 것 없는 낡은 아파트인데 여긴 왜 이렇게 비싸지?' 살면서 아리송할 뿐이다. 가끔 생활비가 많이 든다고 투덜대는 아내 잔소리를 듣는다. 선박기자재 도매상에 근무하는 나로서는 나이 들수록 생활이 더 빠듯하게 느껴진다. 처남은 만날 때마다 싱글벙글 웃는다. 아들 목소리가 귓속에 웅웅거리며 발걸음이 더뎌진다. 바쁘게 붐비는 상춘객들에게 몸이 자주 부딪힌다. 환하게 웃는 그들이 마냥 낯설어 보인다. 처음 아파트로 이사 왔을 때 붐비는 상춘객들을 보고 깜짝 놀랐다. 남천동 벚꽃 터널이 벚꽃 명소가 되다니. 어릴 적부터 봐왔던 영도 산동네 벚꽃 가로수길이 달빛에 정말 아름다웠다. 고등학생 시절 밤늦게 언덕길 따라 올라오면 벚꽃잎들이 달빛 따라 환하게 출렁거렸다. 피곤한 줄 몰랐다. 나도 함께 벚꽃잎에 묻혀 출렁였다. 재개발한다고 거의 베어졌지만, 기억 속 벚꽃들이 제일 예뻤다.

보름 전 아들이 불쑥 부산에 내려왔다. 나는 무슨 일이 있나 속으로 뜨끔했는데, 아내는 반갑고 좋은지 말까지 더듬었다. 아들 얼굴은 조금 핼쑥했지만 단단해 보였다. 아들은 사년 전 서울로 올라간 후, 명절 때나 한번씩 부산에 들르곤 했다. 평소에는 바쁜지 연락이 통 없었다. 보름에 한 번씩 아내가 안부 전화를 걸곤 했다. 통화 때마다 바쁜 듯 간단하게 대답하는 눈치였다. '서울 생활이 바쁘구나. 회사 일이 많은가보네. 열심히 일하네'라며 은근 흐뭇해하면서도 걱정도 됐다. 아들이 서울로 취직이 되어서 올라갈 때, 자랑스럽게 여겼다. 서울 여의도에 있는 H투자증권회사에 28세 나이로 입사했다. 아들은 대학입시 때 서울대학교에 원서를 제출했다. 우리 부부는 며칠간 아들에게 부탁했다. 서울이라는 곳을 전혀 몰랐지만, 처남이 말했듯 우리 형편에 아들을 서울로 보낼 처지는 아니었다. 아들은 고개를 푹 숙이고 아무 대답도 하지 않았다. 아들은 결국 부산대학교 경영학과에 입학했다. 하지만 아들은 서울에 대한 미련을 버리지 못했다. 대학 생활을 하면서 우리 몰래 입시 공부를 했고 다시 서울대학교에 응시했다가 떨어졌다. 왜 아들이 서울로 가려고 하는지 우리 부부는 아리송했다. 내 모친 말에 따르면 아들은 우리 부부를 닮지 않았고 일찍 돌아가신 내 큰아버지를 꼭 닮았다고 했다. 어머니는 살아생전에 넋두리처럼 얘기하곤 했다. "네 큰아버지만 살아 계셨어도 우리가 이렇게 어렵게 살지 않았을 텐데……" 큰아버지는 총명해서 육군사관학교에 입학했고, 집안의 자랑이 됐다. 삼십대 중반에 소령을 달고 월남전에 참전했다가 불행히도 전사했다. 초등학교 시절 아버지는 큰아버지 제삿날마다 애절하게 통곡했다. 어머니는 유독 손자 태호를 편애했다. 장손인 태호를 챙기는 모습이 다른 손자, 손녀들에게 비쳤다. 조카들이나 딸애들이 태호에 대한 할머니의 편애를 투덜대곤 했다. 아들도 할머니나 우리를 실망시키지 않고, 착하고 똑똑하게 성장했다. 주변 이웃들도 칭찬이 자자했다. 대학 졸업 후에도 대학교 부설경제연구소에 수석 연구생으로 쉽게 취직했고, 간혹 서울 출장을 가곤 했다. 우리는 아들이 대견했고, 그만하면 성공했다고 여겼다. 하지만 아들은 그렇지 않았던 모양이다. 어느 날 서울 여의도에 있는 H투자증권회사에 취직이 됐다고 했다. 우리 부부는 어리둥절했다. 경기도 일산에 살았던 처남댁과 십여 년 서울에서 근무했던 처남은 조카인 태호가 서울에 있는 금융회사에 취직한 것을 놀라워했다. "누님, 매형. 태호가 대단한 애예요. 지방대학 출신이 서울로 진출하다니." 우리 부부는 처남의 칭찬에 얼떨떨할 뿐이었다. "근데 서울은 집값이 보통이 아닌데 당장 어떻게 생활하지?" 처남댁이 고개를 갸우뚱거리며 시조카를 걱정했다. 그 말을 듣는 순간 우리 부부는 가슴이 답답해졌다. 아내가 걱정스레 아들에게 넌지시 물었다. "거처는 어떻게 할 거냐?" 아들은 그간 천만 원 정도 저금한 것이 있다며, 그 돈으로 원룸 오피스텔 전세를 구하면 된다고 우리를 안심시켰다. 마음이 울컥했다. 대견스러웠지만 애비로서 마음이 아팠다. 처남에게 빌리고 가진 돈을 보태 사백만 원을 마련했다. 아들은 받지 않으려 했지만 아내는 간청하듯 아들의 손에 돈을 쥐여주었다. 아들은 인터넷으로 서울 주거지를 열심히 검색해보는 눈치더니 마땅한 곳을 찾기가 쉽지 않은지 씩씩했던 얼굴이 어두워졌다. 그래도 아들은 간단하게 짐을 꾸려서 서울로 갔다. 우리는 마냥 답답할 뿐이었다. 서울을 전혀 몰랐으니까. 서울로 간 지 십 개월 된 지난 추석 때 아들이 명절휴가로 하루를 묵고 갔다. 아내는 아들 행색을 보고 울어버렸다. 그러자 아들이 씩 웃으며 아내의 눈물을 닦았다. 아들은 아내를 힘껏 껴안으며 늠름하게 말했다. "걱정하지 마. 서울 생활 별거 아냐. 재미있어." 토실토실하고 볼그레했던 얼굴은 핼쑥하고 꺼칠해졌다. 언뜻 봐도 체중이 몇 킬로 빠진 듯했다. 하지만 눈매만은 날카로웠다. 차례를 지낸 뒤 두문불출 잠만 자다가 황급하게 서울로 올라갔다. 아들 코 고는 소리에 아내는 연신 눈물을 닦았다. 나는 한숨밖에 쉴 수 없었다. 우리가 안부 전화로 잘 지내냐고 물어보면, 아들은 늘 걱정하지 말라는 대답만 해왔다.

보름 전 토요일 밤에 아들이 불쑥 집에 왔다. 오자마자 다음 날 서울에 일이 있어 일찍 올라가야 한다며 보고하듯 또박또박 말했다. 군청색 양복에 흰 와이셔츠 위로 넥타이를 맨 착실한 직장인 모습이었다. 의젓하고 말쑥했다. 반갑게 맞이하는 아내나, 걱정스러운 눈빛의 나를 전혀 의식하지 않았다. 걸음이나 움직임이 날렵했다. 한 손에 케이크가 든 종이 백을 들고 있었다. 먼저 옷걸이를 찾았고, 양복을 벗어 곱게 걸었다. 간편하게 트레이닝복으로 갈아입더니 동생들을 불렀다. 언뜻 낯설게 여겨졌다. 예전의 어설픈 모습이 아니었다. 어눌하던 말투도 빠르고 야무지게 변했다. 무슨 일로 왔냐고 묻기도 전에 의논할 일이 있어 왔다고 먼저 입을 뗐다. 저녁은 먹었다면서, 서울 여의도의 국제금융센터 안에 있는 유명한 빵집에서 맛난 케이크를 사왔으니 함께 먹자고 했다. 쉬고 있던 동생들이 어리둥절한 표정으로 오빠를 바라봤다. 많이 민첩해졌구나 생각하며 아들의 모습을 지켜보았다. 동생들이 맛있게 케이크를 먹는 동안, 아들은 서울의 유명한 빵집에 대해 열심히 설명했다. 아들이 케이크를 한 조각씩 잘라 나와 아내에게 건네줬다. 딸애들이 맛나다고, 역시 서울 케이크는 다르다고 칭찬을 했다. 갑자기 아들의 목소리가 심각하게 바뀌었다. "아버지, 우리 갭투자 한번 해요." 웃음기 없는 진지한 표정에 눈빛이 날카롭고 반짝였다. 아내는 케이크를 맛있게 먹다가 깜짝 놀란 눈으로 아들을 쳐다봤다. "갭투자가 뭐냐?" 나 역시 어리둥절했다. 언젠가 고등학교 동기회에서 들은 적이 있었다. 부동산중개사인 친구가 열을 올리며 설명했었다. 나와는 상관없는 일인 것 같아 흘려들었다. 하지만 다른 친구들은 갭투자에 관심이 많았다. 부동산의 시세차익을 목적으로 하는 투자 방식이라고 했다. 주택 매매가격과 전세금 간의 차액이 적은 집을 전세금 끼고 매입해서 이익을 보는 것인데, 실거래 현금이 적게 들기 때문에 투자가치가 높다는 것이다. 친구들은 노후를 생각한다면 부동산이 투자가치가 제일 좋다고 열을 올렸다. 아들은 지금 마포구 홍대 근처 합정동의 실평수 19평인 연립주택에 거주하고 있다고 했다. 건축한 지 삼십여 년 됐으며, 방 두 개와 거실, 부엌, 샤워기 있는 화장실 등 그런대로 편하게 생활하고 있다 했다. 직장 선배의 배려로 전세금 2억2천만 원 중 전세 분담금 5천만 원으로 3평 정도의 작은 방을 쓰고 있다고 했다. 아내는 놀라서 "19평에 전세금이 2억2천?"이라며 더 이상 말을 잇지 못했다. 삼 년간 아들은 성산동 고시텔 쪽방에서 생활했다. 이 년 전 걱정이 돼서 우리 부부가 서울로 올라간 적이 있었다. 겨우 한 사람만 움직일 수 있는 쪽방이었다. 화장실과 세면장은 공용이었다. 아내는 마냥 눈물만 훔쳐냈다. 하지만 아들은 환하게 웃으며 아무렇지 않게 말했다. "괜찮아요. 여의도 직장까지 교통이 편해서 너무 좋아요. 서울은 다 이렇게 직장 생활해요." 일 년 전 선배 덕분에 아주 편한 연립주택으로 옮겼다고 걱정 말라는 전화만 했다. 현재 실거래 가격이 3억3천이라면서, 전세 끼고 1억1천만 원이면 매입할 수 있다는 것이었다. 아내는 얼굴이 벌게지며 또 놀랐다. "19평에 3억3천이라고?" 나도 가슴이 섬뜩했다. "아버지, 합정동 역세권치곤 아주 싼 가격이에요." 아들은 놀라는 우리를 보며 덤덤하게 설명했다. "역세권은 또 뭐냐?" 아내는 궁금한 듯 물었다. 딸들이 웃으며 대신 대답했다. "지하철 근처라서 교통이 편한 지역이란 뜻이야. 우리는 전세로만 다녀서 엄마는 모르는 게 당연하지." 딸들의 핀잔이 가슴에 슬프게 꽂혔다. 아들은 엄마가 놀라는 표정에도 개의치 않고 망설임 없이 계속 얘기했다. "집주인이 사정상 급매해야 돼서 우리에게 먼저 통보했어요. 함께 전세로 있는 직장 선배는 곧 결혼해서 은평구에 있는 새 아파트로 입주할 거예요. 그래서 나에게 물어보더군요. 매입하는 게 어떻겠냐고. 오래된 연립주택이라 표준공시지가가 1억2천만 원인 거예요. 현재 저평가돼서 4월 공시지가 조정 기간이 지나면 공시지가가 2억 이상 많이 올라갈 거예요." 아내는 점점 더 놀라고 어리둥절해지는 눈치였다. "공시지가? 그게 뭐지?" 아내는 마치 이상한 나라에 와 있는 것처럼 고개를 갸우뚱거리며 혼잣말을 했다. 딸들은 케이크 맛에 빠져 오빠 얘기를 흘려들었다. 나도 가슴이 점점 뛰었지만 묵묵히 듣고만 있었다. "4월 공시지가 조정 기간 전에 매입하면 틀림없이 이 년 안에 최소 3억 이상은 오릅니다. 지금 전세금 빼고 1억1천만 원만 있으면 돼요." 아들은 '반드시', '틀림없이'란 말을 몇 번씩이나 반복했으며, 지금 사야 된다는 말로 긴 설명을 끝맺었다. 나는 아들 이야기를 퍼즐 맞추듯 힘겹게 정리해보았다. 속으로 한숨을 들이켰다가 지금 그런 큰돈이 어디 있냐며 힘없이 한마디 했다. "아버지, 할머니가 살았던 영도 시영아파트를 팔아요. 어차피 아버지 명의로 돼 있잖아요." 아들은 망설이지 않고 눈동자를 반짝이며 결론을 내렸다. 아들의 목소리가 나를 힘껏 후려쳤다. 아들의 얼굴에서 여의도가 보였다. 아들이 낯설어졌다. 아무 말도 할 수 없었다. 아들 눈에는 내가 영도로 보일 것 같았다. "영도 21평 아파트는 십여 년이 지나도 공시지가나 실거래가가 변함없잖아요." 아내는 여전히 이상한 나라에 온 듯한 표정이었다. 딸애들도 놀라기는 마찬가지였다. "이 년 만에 3억 원 이상 시세차익이 생긴다고? 역시 서울은 달라! 로또 당첨이랑 마찬가지네." 가슴을 쓸어내리는 통증에 들숨 날숨이 목에 걸렸다. 나는 길게 숨을 들이쉬면서 알겠다는 말만 겨우 뱉어냈다. 다음 날 아들은 바쁘게 서울로 올라가면서, 지금이 절호의 기회이니 반드시 매입해야 한다고 다시 한번 강조했다. 아들이 머문 이부자리는 깔끔하게 정리돼 있었다. "아들이 아니라 손님이 왔다 간 것 같아." 아내가 씁쓸한 듯 고개를 저었다.

아들이 번개 치듯 부산을 다녀간 후, 우리 부부의 잠자리는 뒤숭숭해졌다. 우리는 서로 눈치를 보며 뒤척였다. 쉽게 잠들지 못했다. 간혹 아내는 내 쪽으로 돌아누우며 어떻게 할지 물어봤지만 선뜻 대답할 수가 없었다. 어느 날 잠자리에서 아내가 중얼거리듯 말했다. "서울은 왜 그렇게 집들이 비싸? 19평에 3억이 넘으니…… 영도 아파트는 21평에 겨우 8천만 원인데…… 어머니 돌아가신 지 이 년도 안 됐는데, 영도 아파트를 팔면 섭섭해하지 않으실까?" 아내의 걱정스러운 한숨이 어둠을 타고 온방에 퍼졌다. 나도 대답 대신 한숨만 내뱉었다. "곧 남천동 아파트 재건축할 텐데…… 영도 아파트 팔면 우리는 어디로 가지? 퇴직한 후 살라고 남겨두신 건데……" 아내는 말을 할수록 더 깊게 한숨을 쉬었다. 아내는 조심스럽게, 아들을 부산으로 내려오게 하면 어떨지 물어왔다. 의젓하게 양복을 입고 여의도 사무실에서 민첩하게 움직이는 아들이 떠올랐다. 부산에 있을 때의 모습이 아니었다. 아들이 서울 가기 전까지 우리 집은 부산 생활에 맞춤형이었다. 영도 아파트로 다시 들어갈 설렘으로 내년 정년을 기다리고 있었다. 영도 아파트는 어머니와 우리 가족의 시작이자 계속 살아가는 우리 마음이었다. 바닷길을 걸어오면 멀리 들리던 깡깡이 소리가 잠잠해졌다. 빨리 집에 가서 쌀을 씻을 생각을 하며 언덕길을 뛰어오르면 북항에서 부는 바람이 나를 맞았다. 사시사철 부는 그 바람은 계절마다 맛이 달랐지만, 나는 언제나 행복하게 바람을 맛봤다. 점점이 켜지는 언덕 골목길 연립주택 불빛들이 다정하게 길 위에 퍼졌다. 판잣집 부엌 앞에서 저녁 준비하는 어머니가 보이면 '아차, 오늘 또 늦었구나' 하는 미안한 마음이 앞섰다. "일찍 왔네." 크게 한 소리 하면 들어가서 밥상을 펴라고 어머니가 따뜻하게 말을 건넸다. 원양어선을 타던 아버지 대신 장남으로 어머니와 손발을 맞추며 가정을 이끌었다. 나는 뿌듯했다. 어머니는 바다에서 고생하는 아버지에게 미안하다며 깡깡이 아지매로 부업을 했다. 어머니 몸에서는 언제나 바다 비린내와 녹슨 쇠 냄새가 섞여서 났다. 하지만 나는 그 냄새가 향기로웠다. 고등학교 3학년 때 아버지는 해상 사고로 사망했다. 대학에 진학하라는 어머니의 간곡한 당부도 거절했다. 아버지 친구가 운영하는, 선박기자재를 취급하는 도매상에 취직했다. 지금까지 근무하고 있는 곳이다. 판자촌 재개발로 시영아파트가 들어서자 우리는 전세부터 시작했다. 21평 아파트는 우리 가족에게 황홀하고 따뜻한 보금자리였다. 53세의 어머니와 25세의 나, 그리고 22살의 여동생과 19살의 남동생은 입주 첫날 아파트 이곳저곳을 뒹굴면서 잠을 이루지 못했다. 안방에 누워보고, 거실에서 뒹굴어보고, 화장실에서 얼굴을 씻어보고, 부엌에서 라면도 끓여보고. 삼층 창문을 여니 북항 바다 위에 가을 보름달이 둥실 떠 있었다. 가을바람에 우리도 두둥실 떠다니는 것 같았다. 축하 소주를 한잔하며 서로 부둥켜안고 울었다. 어머니의 울음은 달빛조차 흔들었다. 기뻐서도 통곡할 수 있다는 걸 처음 느꼈다. 우리 가족들은 매일 온 집 안을 깨끗하게 청소했다. 닳지 말고, 더러워지지 말고, 부서지지 말라고……

우리 가족의 축제는 매일 아파트에서 일어났다. 아파트 정원 벚꽃 나무는 달빛 따라 황홀하게 채색됐다. 아내와 결혼 후 일 년여 더부살이하다가 전세를 얻어 따로 살림을 차렸지만, 주말이면 꼭 아파트를 찾았다. 어머니가 생전 가장 행복했던 날은 당신의 칠순 잔칫날이었을 것이다. 온 가족은 어머니 칠순 잔치를 위해 두 달 전부터 의논했다. "어디로 가족여행을 갈까? 아니면 유명한 호텔 식당을 빌려 잔치를 할까?" 하지만 어머니의 결정은 단호했다. 다 필요 없다며, 아파트에서 가족이 모여 저녁을 먹자는 것이었다. 21평 아파트에는 아들, 딸, 며느리, 사위, 손자, 손녀 해서 모두 열다섯 명이 바글바글했다. 좁은 아파트는 웃음꽃이 피었고, 행복으로 터질 듯했다. 다들 어머니 앞에서 온갖 재롱을 다 부렸다. 우리 식구 살면서 아마 가장 크게 웃은 하루였을 것이다. 어머니는 며느리들과 딸이 새 한복을 맞추자고 닦달했으나 고집스럽게 거절했다. 내 결혼식 때 장만해서 입은 뒤론 고이 간직하고 있던 분홍 저고리, 군청색 치마 한복을 수선해 입었다. 그날은 젊은 시절로 돌아간 듯 화사하게 변신했다. 저녁 식사 전 가족사진을 찍었다. 좁은 아파트 거실에 옹기종기 모여 환하게 사진을 찍는 동안 어머니는 마냥 웃으면서 울었다. 웃는 얼굴 주름 사이로 눈물이 진주처럼 반짝였다. 어느 귀부인 못지않은 자태로 자식들을 흐뭇하게 쳐다봤다. 저녁 식사 후 과일과 떡을 먹는 동안 어머니는 할 말이 있다며 우리를 불러 모았다. 어머니는 장손인 태호를 사랑스럽게 옆으로 부르곤, 고등학교 새 교복을 입은 태호에게 서류 봉투와 검은 비닐 봉투를 건네줬다. 서류 봉투 안에는 아파트 매매 계약서가 있었고, 검은 비닐 봉투 안에는 수십 개의 저금통장이 가득 들어 있었다. "이 아파트에 전세로 들어오고 나서 꾸준히 저금했단다. 비록 좁은 아파트지만 할머니에게는 가장 행복한 보금자리라서 꼭 사고 싶었어. 식당이든, 공장이든, 동네 마트든, 공사판이든 악착같이 온갖 잡일을 하면서 저축했어." 깡깡이 아지매로 단련된 어머니는 어떤 일이든 씩씩하게 해냈다. 며칠 전에 우리 몰래 집주인과 계약했다며 내일 저금을 찾아 잔금을 치르고 아파트를 매입하면 된다고 했다. 어머니는 목을 가다듬더니 한마디씩 또박또박 말했다. "그동안 태호 아버지 이름으로 저금했어. 그리고 이 아파트는 태호 아버지 명의로 구입할 거야. 너희들은 그동안 태호 아버지 덕분에 잘 생활해왔어.” 어머니는 두 동생을 바라보며 다짐을 받았고, 두 동생은 흔쾌히 고개를 끄덕였다. 수십 개의 저금통장은 내 명의로 돼 있었다. 어머니 말이 끝나자마자 좁은 아파트는 환호성으로 가득 찼다. 어머니의 웃음 진 눈가에 눈물이 영롱하게 맺혔다. 나는 눈물을 감추고 아파트 벽들을 쓰다듬으며 아파트 이곳저곳을 돌아다녔다. 아파트가 새롭게 변신하는 것 같았다. 창밖 무성한 벚나무 잎 사이로 보름달이 환하게 비췄다. 언제 봐도 다정한 달빛이었다. 세상을 떠나기 일 년 칠 개월 전까지 어머니는 간호조무사로 일하는 조카와 함께 이 아파트에서 거주했다. 조카가 함께 거주하면서 아픈 어머니를 간병했다. 지금은 조카가 임시로 거주하고 있지만, 이 년 후 정년퇴임을 하면 보금자리로 돌아갈 예정이다. 형편상 부산 이곳저곳을 전세로 떠돌아다녔어도 영도 아파트는 내 마음을 평온하게 했다.

남천동 벚꽃 터널에 인파가 점점 늘어난다. 밤거리가 북적여 걷기가 힘들다. 곧 재건축한다는 소문에 상춘객이 올해는 더 많이 몰려온 듯하다. 처남 덕에 비싼 아파트에서 몇 년간 살고 있지만 정이 붙지 않는다. 시끄럽고 번잡하며 어수선하다. 몇 년째 살고 있지만 이웃이 누군지도 알지 못한다. 영도 아파트나 여기나, 합정동 연립주택이나 무엇이 다른지 알 수 없다. 크기가 조금씩 다르긴 하지만 방 두 개, 거실, 화장실,

부엌 등 거의 비슷한 구조를 가진 철근 콘크리트 건물일 뿐이다. 여의도 아파트는 엄청 비싸다고 하는데, 이해할 수가 없다. 공시지가는 어떻게 정해지는지? 처남같이 계산 빠른 사람들이 정하는지? 처남은 요즘 싱글벙글 웃느라 바쁘다. 한 해 한 해 남천동 아파트 값이 올라가는 재미로 산단다. 서울에서 십여 년 직장 생활하며 터득한 투자 방식이란다. 어제도 전화로 조카인 태호 칭찬이 자자했다. 역시 조카지만 태호가 똑똑하다고. 갭투자를 다 하다니. "매형, 무조건 태호 말대로 따르세요. 영도 아파트 몇십 년 갖고 있어봤자 오르지도 않을 텐데 이 기회에 팔아서 서울 아파트 사면 반드시 몇 년 안에 수억은 오릅니다. 오르면 그거 팔아서 다시 영도 아파트 몇 개 사세요." 아내는 동생에게 쓸데없는 소리 그만하라고 면박을 준다. 쓸데없는 소리는 아니다. 하지만 나에게는 쓸데없는 소리일 수 있다. 매년 가족 모임 때 만나면 처남은 "매형은 지금 2억5천만 원짜리 아파트에 살고 있어요", "매형은 지금 2억7천만 원짜리 아파트에 살고 있어요"라고 능청스럽게 웃으며 얄밉게 지적해준다. 지금은 재건축 바람에 5억짜리 아파트에 살고 있단다. 처남에게 할 말이 없다. 전세금으로 편하게 아이들 대학 졸업시켰고 곧 결혼할 큰딸 결혼자금을 걱정하지 않아도 된다. 그러나 남천동 아파트도, 벚꽃 터널도, 인파도 두통만 일으킨다. 나만의 봄을 느끼고 싶다. 바로 택시를 타고 영도다리 건너 영도경찰서 앞에 내렸다. 조선소와 연안부두가 잠잠하다. 달빛 따라 잔물결만 철썩거린다. 길게 숨을 들이쉬며 영도 아파트 쪽 밤길을 걷는다. 옛적부터 밤길은 조용했다. 발걸음만 가볍고 경쾌하게 소리를 냈다. 벚꽃을 보면서 콧노래를 부른다. 어머니 손길 따라 깡깡깡 울렸던 소리가 아련하게 들리는 듯하다. 깡깡! 깡깡! 영원히 잊지 못하는 소리는 어머니의 소리다. 수리 조선소에 대형선박이 들어오면 어머니는 새벽부터 밥상을 차려놓고 깡깡이질을 하러 갔다. 조선소 근처 연안부두는 깡깡이 소리가 클수록 더욱 많이 북적였다. 그럴 때면 어머니는 깡깡이질을 마치고 간혹 연안부두 횟집에서 야간 아르바이트까지 했다. 어머니는 억척같았다. 어머니는 "내 손힘이 다른 사람보다 센 모양이야. 두드리는 망치 소리가 제일 컸으니까"라며 억세고 거친 손을 자랑하곤 했다. 그래서 그런지 80세 가까이까지 관절마다 삐걱거리며 아픈 소리가 나도 간장, 된장을 담그고, 김장을 해서 우리에게 나눠줬다. 아파트 언덕길에 접어들자 바다 비린내가 벚꽃 향기에 묻혀 밀려온다. 벚꽃이 언덕길 따라 피어 있건만 한적하다. 벚꽃이 남천동보다 더 아름답다. 두통이 사라졌다. 봄을 느낄 수 있다. 달빛 따라 벚꽃이 살랑거린다. 편하게 들숨 날숨을 쉰다. 아파트는 언제나처럼 간간이 불이 켜져 있다. 좀 늦을 거 같다는 조카의 전화가 왔다. 아파트 문을 여니 여전히 어머니 냄새와 우리들 웃음소리가 거실에 가득하다. 형광등도 켜지 않고 달빛이 가득한 거실에 앉는다. 갑자기 울컥하면서 눈물이 펑펑 쏟아진다. 가슴에서 토해내는 울음을 멈출 수가 없다. 어머니는 80세를 넘기자 관절마다 나는 아픈 소리 때문에 도저히 움직일 수 없었다. 팔다리를 움직일 때마다 깡깡, 깡깡 망치 소리가 들리는 듯했다. 가슴이 찢어지는 듯했다. 간호조무사인 조카가 어머니와 함께 지내며 간병했다. 돌아가실 때까지 깡깡이 소리는 관절마다 났었다. 추석을 쇠고 며칠 후 어머니 깡깡이 소리는 멈췄다. 깡깡이 소리를 계속 듣고 싶었지만, 그 소리는 가을하늘로 사라졌다. 깡깡이 소리가 사라진 지 일 년 칠 개월이 됐다. 어머니 첫 기일 때, 장손인 태호는 오지 못했다. 첫 기일 일주일 전, 태호는 아내에게 전화했다. 부팀장으로 승진했다며 기쁜 소식을 알렸고 아내는 대견하다는 말을 몇 번씩이나 되풀이했다. 죄송하지만 업무가 너무 많고 바빠서 할머니 첫 기일에 참석할 수 없다는 것이었다. 아버지에게 잘 말해달라면서, 여의도 사무실 동영상과 해야 할 업무 서류를 찍어 보냈다. 동영상 속 아들은 마치 드라마 주인공처럼 말쑥하게 양복을 차려입고 긴장된 얼굴이었다. 턱선과 눈초리가 날카로웠다. 넓은 사무실 분위기는 정숙한 가운데 섬뜩한 긴장감이 맴돌았다. 직원들이 조용히 바쁘게 움직였다. 아내가 "할 수 없지. 할머니가 서운해하시겠지만 태호가 눈코 뜰 새 없이 바쁘니……"라고 섭섭하게 말꼬리를 끝맺었다. "서울은 바싹 정신 차리지 않으면 제대로 못 견뎌내요. 휴우, 서울은 너무 정신없어." 처남이 입버릇처럼 말하는 것을 들었지만 막상 아들이 할머니 첫 기일조차 오지 못한다니 여의도 생활의 힘겨움이 조금이나마 느껴졌다. 아들은 점점 여의도 생활에 익숙해지는 듯했다. 마음속으로 아들이 할머니와 함께 가을 저녁노을을 바라보며 연안부두를 산책하는 모습을 그려보았다. 첫 기일에 아내는 시어머니 영정을 바라보며 몇 번씩이나 미안한 듯 중얼거렸다. "태호가 오늘 오지 못한다고, 할머니에게 죄송하다고 꼭 말해달라고 했어요." 작은딸이 옆에서 한마디 거들었다. 지난봄에 친구와 서울 여행 갔을 때 여의도 사무실 근처에서 겨우 커피 한잔하고서 여행 비용에 쓰라고 10만 원을 주더니 오빠는 바쁘게 회사로 돌아갔다는 것이다. 서울은 가는 곳마다 너무 번잡하고 바빠 깜짝 놀랐다면서, 정신없었다면서, 부산역에 내리니까 부산이 썰렁해 보이더라고 오빠를 대신해서 변명했다. 올해는 할머니 기일에 참석할 수 있을지 괜한 걱정이 앞선다. 서울을 닮아가는 남천동이 싫어진다. 영도 아파트에는 우리 가족의 온기가 가득하다. 어머니가 서려 있다. 아마 어머니도 대대손손 이 아파트에서 살길 하늘에서 바랄 것이다. 창밖 영도 바다가 달빛에 잔잔하게 출렁인다. 눈물은 닦아도 흘러내린다. 하지만 두통도 사라지고 마음이 잠잠해진다. 가끔 개 짖는 소리가 조용한 밤공기 속에서 정겹게 들린다. 밤 아홉시가 넘어가자 남천동 벚꽃 구경 인파도 줄어들었다. 아파트 문을 열자 처남과 아내가 옥신각신하는 소리가 들린다. 처남이 나를 보고 반갑게 맞는다. 아내는 처남에게 눈을 부릅뜨며 무언가 말리는 시늉을 한다. 반갑다는 눈인사를 하지만 밤늦은 방문이 마음에 썩 내키지 않는다. 처남은 아내의 눈길을 못 본 척 말을 꺼낸다. "태호에게 전화가 왔어요. 매형이 영도 아파트 매도를 망설이고 있는 거 같으니 서울과 부산의 부동산 동향에 대해 나보고 대신 얘기해달라더군요." 속이 뜨끔했다. 유독 좋아하는 조카의 부탁이라 그런지 늦은 밤인데도 찾아왔다. 아들이 급하긴 급한 모양이다. 아내가 고함치며 만류하지만, 처남은 아랑곳하지 않는다. "역시 똑똑한 조카야. 누님과 매형을 닮지 않았어. 하하하. 나를 좀 닮은 듯해." 즐겁게 웃어넘긴다. "서울에서 생활하다 보니 많은 걸 배웠어. 똑똑한 사람을 서울이 더 똑똑하게 바꿨어." 처남은 아들을 부러워하는 눈치다. "태호가 대단하긴 해요. 저는 여의도 직장, 어림도 없었거든요. 겨우 강북 변두리에 붙어 있었죠." 여의도는 강북과 강남을 잇는 금융 중심지라면서, 국회의사당이 있고 한때 서울의 상징이었던 63빌딩이 있다면서 알고 싶지 않은 서울에 대해 마치 서울 사람처럼 주절댄다. 나와 아내는 멍하게 듣고만 있다. "서울서 지내다 다시 내려오니 마음이 허전하고 심심해서 정이 안 붙어요. 아마 태호도 서울 맛에 중독되면 다시는 고향에 안 돌아올걸요?" 처남은 눈치도 없이 우리 마음 허전할 얘기만 한다. 사십대 초반에 승진한 처남은 L가전제품 부산총판 책임자로 다시 내려왔다. 그러면서 자기 자랑으로 이어진다. 서울에서 배운 대로 남천동 아파트를 샀기 때문에 노후 걱정 안 해도 된다고. 오늘따라 깐족거리는 처남이 얄밉다. "계속 드리는 말씀이지만, 제발 똑똑한 아들 말 듣고 좀 편해지세요. 합정동 아파트라면 적어도 이 년 안에 3억 이상 올라요. 평생 그런 큰돈 언제 만져보겠어요?" 그러곤 마파람처럼 사라졌다. 아내와 나는 얼떨떨해 마냥 멍하게 있을 뿐이다. 밤은 또 뭉개져버렸다. 이부자리가 더욱 뒤숭숭하다. 아내의 한숨 소리는 더욱 깊어간다. 나도 눈만 멀뚱멀뚱 뜨고 천장만 바라봤다.

월요일 출근길 차 안이 묵직하다. 아내는 조잘대던 잔소리도 하지 않는다. 힐끗 본 아내 얼굴이 부스스하고 머릿결이 흐트러져 있다. 월, 수, 금, 주 3일 아내는 중앙동 처남의 가전제품 매장에서 아르바이트를 한다. 출발부터 막히자 계속 혼자 투덜댄다. 해가 갈수록 남천동이 서울을 닮아가는지 교통체증이 심하다. "갈수록 교통체증이 심해지는데…… 빨리 영도 아파트로 이사 가든가 해야지…… 근데 어떻게 해? 아들이 팔라고 하는데?" 한숨을 쉬고선 차창 밖에서 빵빵거리는 경적 소리를 듣고 다시 한마디를 던진다. "서울은 교통체증이 심각해서 생지옥 같다던데…… 태호 고생이 이만저만 아니겠다. 부산 내려오면 좋을 텐데……" 아내는 가전제품 매장에 내릴 때까지 내 쪽은 보지 않고 차창 밖만 보며 중얼거린다. 아내가 내리기 전 또 한숨을 쉬며 혼잣말하듯 말한다. "어렵게 서울에 갔는데……" 나는 한마디도 할 수 없다. 꽉 막힌 도로만큼 마음이 답답하다. 점심이 지난 무렵, 모르는 핸드폰 번호가 떴다. 나이가 지긋한 낯선 목소리다. 영도 아파트 근처 공인중개사라고 자기소개를 한다. "누구시라고요?" 저절로 목소리가 높아진다. 아들이 서울에서 전화로 아파트 매도를 부탁했다면서 오늘 시간 되면 아파트를 구경하고 싶다고 한다. 순간 화가 솟구쳐 잠시 생각해보겠다는 말만 하고 전화를 끊었다. 사무실 창문을 확 열었다. 아직 찬바람이 확 불어닥친다. 출근길 아내가 투덜대던 말들이 되새겨진다. 육십여 년 세월이 갑자기 사라진 기분이다. 서울이 뭐지? 궁금증과 짜증이 생겨난다. 일이 손에 잡히지 않는다. 퇴근 무렵 아들에게 전화했다. 몇 번 신호음 끝에 '지금 회의 중이라 나중에 연락할게요'라는 문자가 뜬다. 아들과 얼굴을 보며 얘기하고 싶다. 잠시 후 다시 아들의 문자가 뜬다. 회의 중이라 나중에 연락하겠다더니, 아들의 마음이 문자로 전해졌다.

'아버지, 우리도 남들처럼 제발 요령 부리며 편하게 살아봐요.'

상실의 흔적

열풍이 후끈 목덜미를 덮쳤다. 순간 뜨거웠고, 열풍은 뇌 속 깊이 박혀 있던 기억을 건드렸다. 뚜렷하게 형상이 나타나지 않는 기억이었다. 그러나 온몸이 부르르 떨렸다. 걸음이 저절로 빨라졌다. 해운대 백사장은 여름밤을 즐기는 인파로 북적였다. 열풍이 또 한 번 휘몰아쳤다. 북적이는 인파 속에서 가만히 있으라며 윽박지르는 목소리가 들렸다. 불독이 누군가를 보며 시끄럽게 짖었다. 또 한 번 견주가 불독에게 윽박질렀다. 가만히 있으라고. 견주의 목소리가 열풍과 함께 귓속으로 깊게 파고들었다. 어깨가 굳어지며 걸음을 멈췄다. 뚜렷하게 기억이 되살아났다. 다시 한번 온몸이 부르르 떨렸다. 목덜미가 뜨겁게 달아올랐다. 사람들이 내 곁을 바쁘게 스쳐

갔지만, 다른 소리는 들리지 않았다. 견주의 목소리만 귓속에 서 메아리쳤다. 가만히 있으라고. 목소리는 온몸에 퍼졌다. 목소리가 온몸의 세포를 바늘처럼 찔렀다. 목소리가 아랫도리까지 퍼졌을 때, 아픔과 함께 전율을 느꼈다. 저절로 모래사장에 털썩 주저앉았다. 열풍은 여전히 휘몰아쳤다. 두 손으로 허벅지를 힘껏 문질렀다. 아플 정도로. 열풍을 피하려 고개를 숙여 무릎 사이에 묻었다. 하지만 소용없었다. 열풍은 등짝을 후려쳤다. 뚜렷한 기억 속에 노래 멜로디가 가물거렸다. 조금씩 멜로디가 되살아났다. 듣고 싶어졌다. 벌떡 일어나서 해변가 미스 블랙 카페로 갔다. 언니, 이 시간에 웬일이야? 카페 안은 여름밤의 열기로 북적였다. 미스 정이 깜짝 놀라며 옆에 앉았다. 하이네켄 한 병과 샤데이의 「스무드 오퍼레이터(Smooth Operator)」를 신청했다. 왜, 무슨 일 있어? 다그치는 목소리에 걱정이 서려 있다. 난 말없이 고개를 저었다. 「스무드 오퍼레이터」 멜로디가 들려오자 아랫도리가 저절로 꿈틀거렸다. 하이네켄을 병째로 들이켰다. 멜로디가 퍼질수록 머리는 맑아졌다. 하지만 멜로디가 아랫도리 세포를 격하게 건드렸다. 조금씩 깊숙이 묻혀 있던 감각이 허벅지 근육 사이에서 되살아났다. 감각을 없애려고 허벅지 근육을 꽉 조였다. 소용없었다. 이미 기억돼버린 감각은 걷잡을 수 없이 아랫도리를 휘몰아쳤다. 고개를 아래로 숙이고 고관절에 힘껏 힘을 줬다. 멜로디가 환청처럼 A의 목소리로 변했다. '가만있어'가 귓속에서 메아리쳤다. 어떤 놈이 걸어왔다. 어떤 놈이 가만있으라고 외쳤다. '가만있어'와 멜로디만 머릿속에 맴돌았다. 열풍이 온몸을 휘감았고 파르르 떨렸다. 하이네켄을 단숨에 마시고 어떤 놈 쪽으로 걸어갔다.

페로몬 향기가 밤의 열기 속으로 퍼진다.
당당하게 일어서고 싶다.
페로몬을 짙게 뿌리면서
멜로디에 맞춰 밤을 뜨겁게 휘저으며 그때의 밤을 잊어버려야 한다.
편안하게 아침을 맞이하기 위해.

아침이 편하지 않았다. 남편이 세면대 거울 앞에서 출근 시간에 맞춰 세심하게 넥타이를 매고 있다. 깔끔하게 얼굴과 머리 손질을 했다. 아침이면 보는 남편 모습이다. 넥타이와 양복만 계절마다 바뀌었다. 옷맵시에서 교수라는 직업을 느낄 수 있다. 거울 속에서 나를 보고 씩 웃었다. 남편 웃음이 반갑지 않다. 고개를 돌렸다. 눈을 뜨자마자 남편이 출근했을 거라 생각했다. 그러나 남편은 출근하지 않고 내가 깨길 기다리고 있었다. "일어났어?" 남편 목소리가 귓속으로 스며들었다. "제발 오늘같이 더운 날 넥타이 매지 말고 편하게 티셔츠 입고 가요." 갑자기 어깨가 움츠러지며 악다구니 같은 소리를 떠들었다. 결혼 후 이십오 년간 남편이 입고 다니는 옷맵시다. 어깨가 욱신하다. 그냥 씩 웃는 남편이 더욱 지겹다. 남편은 조용히 가방을 들면서 오늘 저녁 딸애가 집에 온다는 말을 속삭이듯 하고 출근했다. 이 말을 하려고 기다리고 있었단 말인가? 짜증이 솟구쳤다. 남편이 출근한 후 거실과 서재를 둘러봤다. 평소처럼 거실과 서재가 깨끗하게 정리돼 있다. 진공청소기를 들고 거실과 서재를 거칠게 다시 청소했다. 그래도 속이 시원하지 않았다. '왜 어젯밤 늦었는지 따지지 않지?' 서재와 거실의 평온함이 진공청소기 소리에 깨졌다. 어깨만 점점 움츠러졌다. 어젯밤 기억은 증발돼버렸다. 발걸음은 진공청소기를 따라 거칠게 움직였다. 서재에 들어서자 더욱 거칠게 진공청소기를 몰고 다녔다. 책상 위 정돈된 A4 서류와 가족사진을 흩트렸다. 차곡히 쌓여 있던 서적들을 방바닥에 떨어뜨렸다. 떨어진 책들과 흩어진 서류, 가족사진을 보며 질식할 것 같은 숨을 깊게 쉬었다. 가끔씩 보고 싶었던 서재 전경으로 변했다. 창문을 열자 아침부터 후끈한 바람이 몰아쳤다. 몸은 후끈한 바람을 전날 밤처럼 느끼지 못했다. 땀이 나면서 짜증만 느껴졌다. 책상 위 삐딱하게 놓은 가족사진을 봤다. 아들이 입대하기 전 제주도 가족여행 갔을 때 찍은 사진이다. 성산 일출봉을 배경으로 서로 꼭 껴안고 찍었다. 사진 속에 초가을 햇살이 듬뿍 담겨 있다. 꼭 껴안은 네 사람이 합체된 천사 같다. 사진 속에는 행복이 넘치는 웃음이 가득했다. 여행 중에는 웃음과 사랑이 넘쳤다. 아들은 의젓하게 웃으면서 엄마 아빠 사랑한다고, 이렇게 잘 키워줘서 고맙다고 얘기했다. 즐겁고 행복했던 가족여행이었다. 남편은 책상 가운데 사진첩을 뒀다. 사진을 보자 마음이 가라앉았다. 흩어버렸던 서류, 사진첩, 책들을 남편이 놨던 대로 다시 정리했다. 편하게 커피를 마실 수 있을 거 같았다. 아침마다 애청하는 라디오 프로 '포근한 오전 살롱'을 켜자 비발디 「사계」 중 '여름'이 흘렀다. 어제 여름밤은 음악 속에 없었다. 사진 속 웃음이 거울에 비쳤다. 청소 후 창문을 닫지 않고 후끈한 바람을 맞았다. 아랫도리는 어젯밤 열기를 전혀 느끼지 않았다. 여름방학이라 집에 오는 딸애를 위해 저녁을 준비해야겠다. 딸애는 약대 대학원 석사과정이다. 바빠서 거의 일 년 만에 집에 온다. 딸애는 나를 닮은 편이라 가끔 당황스런 말이나 행동을 한다. 딸애가 서울의 S약대에 입학 후 첫 여름방학 때, 모처럼 가족 외식을 하는 자리에서 뜻밖의 발언을 했다.

"엄마 아빠, 나는 혼전 임신으로 태어났겠어. 난 올해 만 20세인데 엄마 아빠 결혼은 19년째잖아. 아빠가 엄마를 열렬히 사랑해서 급했던 모양이야."

딸애의 웃음이 말끝에 통쾌하게 터졌다. 고등학생이던 아들은 얼떨떨한 표정으로 신나게 웃는 누나를 쳐다봤다. 남편은 비밀을 들킨 샌님처럼 얼굴을 붉히며 물을 마셨다. 입안에서 씹던 안심이 고무처럼 느껴졌다. 남편은 당황했고 나는 그냥 아무렇지 않은 듯 웃으며 별말을 다 한다고 딸애를 달랬다.

"생리학 강의 들으며 내 출생 비밀을 알게 됐지."

뭐가 좋은지 딸애는 깔깔거리며 웃었다. 깔깔거리는 웃음이 가슴을 아프게 찔렀다. 남편은 철판 위 안심만 바쁘게 뒤집었다.

A가 두번째 정기휴가를 나와서 전화했을 때, 언니의 출판사에서 가을에 출간할 김 작가의 동화책 교정을 보고 있었다. 대학 졸업 후 공무원 채용시험을 준비하다가 낙방하는 바람에 잠시 언니 출판사에서 아르바이트를 하다가 정식으로 근무하기 시작했다. 동화책을 주로 출간하는 조그마한 출판사지만 스테디셀러를 몇 권 내면서 자리를 잡았고, 서울 문단에도 소문이 났다. 에어컨이 있어도 열풍은 이층 창문을 통해 사무실로 스며들었다. 아침 출근길에 카스테레오를 켜자 「스무드 오퍼레이터」가 흘러나왔다. 아침부터 더위가 심해 급하게 에어컨을 켰지만 열풍이 창문 사이로 밀어닥쳤다. 카스테레오를 끌 수 없었다. 온몸이 짜릿하게 떨렸다. 몇 분간 아랫도리가 후들거렸다. 음악이 끝나자 겨우 진정이 되었다. 집에서 가져온 더치커피를 마시고 차를 출발시켰다. 그리고 오후 네시쯤 우연히도 A에게서 전화가 왔다.

"훈이에게 연락했어. 마침 저녁에 시간이 있네. 네가 원하는 대로 함께 만나기로 했어. 마치는 대로 전화해."

A는 자기 할 말만 속사포처럼 쏟아냈다. 에어컨이 신나게 돌아갔지만 창문 틈새로 열풍이 몰아쳤다. 묵직하게 열기 품은 목소리는 여전히 귓속을 찔렀다. 나는 '응'이라는 대답만 했다. 바로 훈이에게 전화했다.

"언제 부산에 왔어?"

화를 내면서 따졌다. 머뭇거리는 목소리가 들렸다. 계속 고함을 지르며 훈이를 몰아붙였다. 아랫도리의 떨림이 차분해졌다. 조용히 저녁에 A와 함께 보자고 타이르면서 전화를 끊었다. 훈이는 '응, 응' 계속 힘없는 단답형 대답만 했다. 대학 시절 세 사람은 조립된 로봇처럼 거의 붙어 다녔다. 셋의 만남은 필연이었을까. 대학 합격통지서를 받고 난 후 큰이모부 칠순 가족잔치에 참석했다. 오랜만에 만난 친척들은 흥겹고 들뜬 잔치 분위기에 흠뻑 빠져 있었다. 나도 즐겁게 잔치 분위기에 휩싸였다. 그 자리에서 큰이모가 A를 소개시켜줬다. 큰이모부의 조카뻘이라며, 마침 같은 대학교 공과대학에 입학했으니 서로 잘 지내라고 나와 A에게 용돈을 줬다. A는 나를 탐색하듯 불쾌할 정도로 째려봤다. 쌍꺼풀 없는 두툼한 눈두덩이에, 큰 눈매에 어울리지 않게 눈길은 날카롭게 바삐 움직였다. 옷맵시도 잔치 분위기에 어울리지 않았다. 이미 대학생이 된 듯한 키 크고 잘생긴 래퍼 옷맵시였다. A에게서 불쾌함을 느꼈다.

대학 생활을 시작하자마자 A에게서 전화 연락이 자주 왔다. 먼 사돈이라는 관계 때문에 서먹하고 어색하지만 만날 수 밖에 없었다. 그러던 어느 날 웬 친구와 함께 나타났다. 그 친구가 훈이였다. 보자마자 깜짝 놀랐다. 훈이는 고교 시절 부산 문예창작반 연합모임의 회장을 맡았던, 여학생들 사이의 인기남이었다. 두 친구는 난쟁이와 꺽다리 혹은 톰과 제리 같은, 어울리지 않는 관계 같았다. 어떻게 친구가 됐을까? 의문은 함께 지내면서 확실하게 풀렸다. A는 훈이를 이렇게 소개했다.

"내가 가장 부러워하는 친구지. 내가 없는 면을 다 가지고 있거든. 성실하고 착하고, 한마디로 똑똑한 일등 모범생이야."

A는 훈이의 고등학교 동창으로 절친이었다. 훈이의 반듯한 모습은 대학생이 돼도 여전했다. 셋은 우연히 취미가 같아 사진반에 함께 가입했다. 함께 사진반에서 어울렸던 대학 시절은 마냥 즐거웠다. 세 사람은 추상화처럼 묘하게 어울렸다. 다시 훈이에게 전화를 걸었다. 제발 이 더운 날 양복 입지 말고 오라고, 저번에 사준 폴 스미스 티셔츠를 입고 오라고. 짜증스럽게 내뱉는 말에도 훈이는 조용히 '응, 응' 대답했다. 세 명은 처음 만났을 때부터 신나게 떠드는 A나, 얌전하게 듣고 있는 훈이나, 양쪽을 오가며 재치 있게 얘기하는 나나 분위기는 한결같았다. 대학 시절 공대가 적성에 맞지 않다며 실용음악을 하겠다고 A가 서울로 떠난 후 훈이와는 조용히 뜨거워졌다. 하지만 세 명이 만나면 세 사람의 분위기로 바뀌었다.

특히 훈이가 우리 사이를 A에게 들키지 않으려고 은근히 조심했다.

훈이는 부탁한 대로 폴 스미스 티셔츠를 입고 나왔다. A가 모처럼 고기가 먹고 싶다고 했다. 나는 훈이가 좋아하는 참치횟집으로 가자고 했다. 훈이는 괜찮다고 했지만 내가 참치회를 우겼다. 우리 사이를 눈치채라는 듯이 일부러 훈이 곁에 바싹 붙어 다녔다. 두 사람은 식당에 앉자마자 군대 얘기를 시작했다. 훈이가 먼저 군대를 다녀온 고참답게 경험담을 신나게 얘기했다. 모처럼 훈이가 혼자 길게 수다를 떨었다. A는 만날 때부터 끈적하게 나를 쳐다봤다. 나는 얘기하는 훈이를 사랑스럽게 쳐다보면서 훈이의 소주잔을 자주 채웠다. 세 명의 수다는 점점 시끌벅적해졌다. 2차 노래방에서도 열풍은 뜨겁게 몰아쳤다. A의 숨소리는 점점 거칠게 들렸다. 나는 훈이 곁에 더욱 바싹 붙어 앉았다. 훈이는 몽롱하게 들뜬 채 내 체온을 느꼈다. A의 눈길은 뻔뻔할 정도로 나를 뜨겁게 향했다. 훈이는 내 의도대로 많이 취해 있었다. 노래방을 나왔을 때 A가 말없이 내 손을 확 잡으며 의미 있는 눈길을 보냈다. 가만있으라는 말을 하지 못한 채. 나는 A의 눈길을 외면하고서 비틀거리는 훈이와 함께 택시를 탔다. 훈이는 취기 섞인 목소리로 괜찮다는 말만 반복했다. A는 멀어지는 택시만 우두커니 바라보고 있었다. 택시 안에서 훈이를 꼭 껴안았다. 훈이가 기사를 의식한 듯 나를 밀쳐냈다. 그럴수록 훈이를 힘껏 껴안았다. 그리고 A가 보이지 않자 택시를 세우고 눈에 띄는 모텔로 들어갔다. 훈이는 당황하며 나를 밀쳤지만 나는 훈이를 끌다시피 하며 모텔로 들어갔다. 훈이는 나를 무서워했다. 나는 갈증을 심하게 느꼈다. 몸 구석구석이 갈증으로 바싹바싹 타들어갔다. 처음 보는 훈이의 몸은 말갰다. 너무 깨끗해서 훈이 몸을 더럽히고 싶었다. 움츠리는 훈이 몸을 뜨겁게 덮쳤다. 내 숨소리가 더 거칠었다. 가만있으라고 흐느꼈다. 훈이의 숨결은 아주 짧게 뜨거워졌다가 식었다. 찰나의 뜨거운 신음이 훈이 입에서 다이너마이트처럼 터졌다. 훈이의 첫 환희였다. 훈이는 놀라고 두려운 눈길로 나를 쳐다봤다. 어깨가 떨고 있었다. 나는 그의 손을 잡으며 괜찮다고, 사랑한다고 속삭였다. 하지만 갈증은 여전히 몸속 깊숙이 느껴졌다. A는 소식 없이 사라졌다. 갈증으로 타들어가는 몸을 식히고 싶었다. 이후 훈이와 자주 밤을 지냈다. 하지만 몸속 깊숙이 새겨진 A의 흔적은 쉽게 지워지지 않았다. A의 흔적이 남은 자리에 딸이 담기자 갈증이 잠잠해졌다. 훈이는 미친 듯한 내 손길을 따라 힘없는 피에로처럼 움직였다. 훈이는 딸의 아빠가 됐고 내 눈에 예전처럼 정갈한 모범생으로 보였다. 또한 훈이는 내 짝사랑에서 첫사랑이 됐고, 동반자로 변신했다. 「스무드 오퍼레이터」는 아들을 낳을 때까지 들을 기회가 없었다. 그리고 잊혔다.

아직 5월인데도 열풍은 기상이변으로 해운대 바닷가를 몰아쳤다. 장미꽃들은 5월을 화려하게 꾸미고 있었다. 바닷가 산책 후 재택근무로 동화책 교정을 보고 있는데 남편이 전화를 했다.

"A가 귀국했다는데…… 저녁이나 같이 먹자네?"

"안 돼. 딸애가 중3인 거 몰라? 둘이서 옛 우정이나 느끼며 놀다 와."

전화를 끊고 창문을 열자 열풍이 장미 향과 함께 서재로 불어닥쳤다. 열풍이 목등을 스쳐 갔다. 그 순간 A와 열풍이 겹쳐지며 온몸이 부르르 떨렸다. 몸속 깊숙이 박힌 기억이 꿈틀거렸다. 결혼 후 A를 만나지 않았다. 두 사람이 간혹 만날 때마다 육아를 핑계로 집을 나서지 않았다. 두 사람의 우정은 변함없었고, 서로 자주 연락했다. 나는 남편을 통해 A의 소식을 들어왔다. 제대 후 공대를 중퇴하고 실용음악을 전공하기 위해 뉴욕으로 유학을 떠났다. 나도 모르게 휴, 안도의 한숨이 나왔다. 남편이 A의 소식을 전할 때마다 건성으로 들었다. A를 걱정하는 남편의 말끝에는 언제나 A의 지칠 줄 모르는 욕망이 담겨 있었다. 고등학교 시절 남편은 A의 뜨거운 몸과 자유분방한 사고방식을 부러워해 친구가 됐고, A에게 자주 열등감을 느꼈다고 말했다. 남편에게 있는 줄 몰랐던 뜻밖의 열등감이었다. A의 곁에는 언제나 여자가 있어야 했다고 남편은 힘없이 말했다. 나는 'A가 어쩔 수 없는 불쌍한 인생'

이라고 담담하게 대답했다. 하지만 남편은 나에게 미안한 듯 한 표정으로 A의 몸을 부러운 듯 얘기했다. 그럴 때마다 나는 남편을 따뜻하게 껴안아줬다. A는 우리 결혼식 때 축의금과 축전만 보내고 참석하지 않았다. 나는 A의 흔적을 딸의 출산으로 지워버렸다.

미국 유학 삼 년째 되던 해 A가 결혼했다는 소식이 들렸다. 남편 카톡으로 삼 년 연상의 미국인 아내와 행복하게 웃고 있는 결혼사진을 보냈다. 미국에서 정착할 거라고 했다. 꼭 한 번 우리 부부에게 미국 방문을 청했다. 큰이모는 시조카 때문에 집안 걱정이 크다고 말했다. 나는 딸, 아들을 키우면서 덤덤하게 들어 넘겼다. 딸애가 초등학교 입학할 때 A가 이혼하고 서울로 영구 귀국했다는 갑작스런 소식이 전해졌다. 거의 칠 년여 만에 남편은 서울에서 A를 만나고 와서 여전히 그가 부럽다고 넋두리를 털어놨다. 나는 뭐가 부럽냐며 화를 냈다. 남편은 A가 언제나 내 소식을 묻는다고 덧붙였다. 이후 A는 서울과 뉴욕을 오가며 음반 기획이나 프로듀싱을 했고 남편도 그를 자주 만날 형편은 아니었다. A에게 불현듯 연락이 오면 서울이나 부산에서 만나곤 했다.

중3인 딸이 학원을 마치고 집에 와서 식사하는데 아파트 문 앞에서 떠들썩한 소리가 들렸다. 시끄럽게 문이 열리며 남편과 A가 현관에 들어섰다. 두 사람은 취기와 웃음으로 비틀거렸다. 뜻밖의 방문이었다. 사십대에 갓 접어든 A는 예전과 같은 스타일이었다. 화려하고 헐렁한 셔츠에 청바지 차림. 다만 구레나룻이 흘러간 세월 속에 낯설게 보였다. 남편이 창문을 열자 열풍이 거실로 휘몰아쳤다. A는 딸과 아들에게 삼촌이라고 부르라며 반가운 듯 얼싸안았다. 그러곤 나를 쳐다봤다. 예전의 그 눈길이었다. 끈적하고 뜨거운. 하지만 나는 낯설기만 했다. 남편에게 사전 연락이 없었던 데 대해 화를 내고는, 대학 시절 셋이서 만날 때처럼 A를 대했다. A는 가만있으라는 말을 할 수 없었다. 우리 셋은 와인을 마시며 모처럼 대학 시절의 추억을 되새기며 담소를 나눴다. 서재에 A의 잠자리를 마련했다. 침실로 들어온 남편은 술 냄새를 풍기며 조용히 하라면서 거칠게 나를 덮쳤다. 남편은 뜨겁게 숨을 몰아쉬며 뜨거워지지 않은 내 속으로 들어왔다. 그간 잠자리가 뜸했는데, 돌발적인 공격이었다. 남편의 혈관이 격하게 꿈틀거렸다. 처음 느껴보는 남편의 불덩이 같은 몸이었다. 조용히 하라는 열띤 목소리만 귓속으로 파고들었다. 내 몸의 세포는 팽팽하게 부풀지 않았다. 남편은 사랑한다고 몇 번이나 흐느꼈다. 왠지 마음이 텅 비워졌다. 남편의 눈물이 내 볼을 적셨다. 몸은 뜨거워지지 않았지만 남편을 꼭 껴안고 거친 숨결에 몸을 맡겼다. 용서해달라는, 하지만 사랑한다는 말만 가슴속으로 외쳤다. 어떻게 남편과 A가 웃으면서 우리 집에 들어설 수 있었을까? 밤새 그런 의문이 가시지 않았다. 다음 날 두 사람은 내가 만든 해장국으로 속을 푼 후 정답게 집을 나섰다. 작별 인사를 할 때 A의 눈길은 예전과 변함없었다.

그리고 다음 날 오전, 혼자 커피를 마시며 휴식을 즐기는데 A가 야수처럼 침입했다. 현관문을 열자마자 열풍이 몰아쳤고 A가 불쑥 나타났다. 말할 겨를도 없었다. 현관문을 닫자마자 A는 좀비처럼 나를 덮쳤다. 그의 몸은 불덩어리 같았다. 후끈 후끈 열기가 밀려왔으며 숨결도 열풍처럼 거칠게 내 귓속으로 파고들었다. 절규하듯 힘껏 목소리를 토했다.

"가만히 있어줘. 제발 가만히 있어."

꼼짝할 수 없었다. A의 혈관들이 터질 듯이 펄떡거렸다. 내 몸의 세포 속으로 그의 열기가 스며들었다. 세포 구석구석까지 스며드는 열기에 내 혈관도 뜨거워졌다. 오랫동안 봉인됐던 세포 속 기억들이 찢어지면서 혈관이나 신경들이 온몸 구석구석까지 펄떡거렸다.

"너의 페로몬 냄새는 나를 질식시켜. 도저히 숨을 쉴 수가 없어. 미칠 지경이야. 나를 한 번만 살려줘."

그는 뜨겁게 절규했다. 그가 핸드폰을 만지작거리자 「스무드 오퍼레이터」가 흘러나왔다. 멜로디는 지저분하게 흐트러진 거실을 가득 채웠다. 꿈틀거리는 그의 혈관 따라 나도 서서히 꿈틀거렸다. 내 낡은 세포 속으로 스며드는 그의 열기는 새로운 세포를 만드는 여름날 태양 같았다. 그의 야수 같은 숨소리를 따라 내 숨결도 거칠어졌다. 그는 전날 밤 남편의 숨결과 달랐다. 내 귀를 멜로디 쪽으로 기울였다. 멜로디를 머릿속에 가득 채웠다. 전날 밤 남편의 몸을 머릿속에서 되새김했다. 뜨거운 몸과 달리 머릿속 남편은 싸늘해졌다. A의 군 입대 후 첫 휴가 때처럼 기억은 생생하게 되살아났다.

'그때와 같아. 그때와 같아.'

머릿속 남편에게 얘기하고 있었다. 당신이 곧 집으로 다정하게 웃으며 귀가할 거라고. 하지만 몸은 점점 더 뜨겁게 팽창하면서 샤데이의 끈적한 목소리 속으로 빠져들었다. 노래 따라 몸이 격렬하게 움직였다. 「스무드 오퍼레이터」가 세 번 재생 후 끝났을 때 나와 A도 노래 끝 정적 속 여운에 감미롭게 젖어들었다. 내 몸 안에 그의 흔적이 또 크게 만들어졌다. 하지만 남편은 사랑한다고 속삭이며 쉽게 흔적을 지워줄 것이다. A의 첫 휴가 때처럼 잠시 옛날이 재생됐을 뿐이다. 그는 내 손을 꼭 잡고 흐느끼면서 미안하다고, 고맙다고, 뉴욕으로 갈 거라고 몇 번이나 반복해서 말했다. 그의 구레나룻이 축축하게 젖었다. 하지만 나는 눈물을 닦아주지 않았다.

A가 첫 휴가를 나왔을 때 훈이는 지도교수와 함께 일본에서 열린 춘계 학술대회에 참석 중이었다. 어쩔 수 없이 나만 A의 첫 휴가를 맞이해야 했다. 졸업 후 나는 불투명한 미래에 대해 고민하면서 언니 출판사에서 잠시 일을 거들고 있었다. 일을 하면서 라디오에서 간혹 흘러나오는 샤데이의 「스무드 오퍼레이터」를 들을 때마다 온몸이 본능대로 움찍거렸다.

A는 그 여름 이후 전공수업도 대부분 빠지며 제대로 된 대

학 생활을 하지 않았다. 그 대신 밴드를 결성해 열심히 홍대 근처에서 활동했다. 간혹 부산에 오면 셋이서 만나곤 했다. 나와 훈이는 예전처럼 A를 편하게 만났다. 간혹 문자로 둘만 만나자고 했을 때 나는 단호하게 거절했다. 굳이 둘만 만날 이유는 이미 그 여름 이후 사라졌다. 훈이가 입대 후에는 A를 만날 이유를 더욱 찾지 못했다. 또한 그 여름 이후 서로 엇갈리는 생활 때문에 A와는 자주 볼 수 없었다. 졸업 후 내 미래는 아리송했다. 원했던 공무원 시험을 두 번 낙방한 후 결혼을 생각했지만 바쁜 훈이와는 여전히 애매모호한 관계로 이어지고 있었다. 셋이서 자주 만났던 광안리 뒷골목 포장마차 가는 길은 왠지 가슴이 떨렸다. 그 여름 이후 사 년 만에 처음 둘이서만 만났다. 그 여름 이후 갑자기 훈이는 군에 입대했다. 훈이 얼굴은 어둡고 우울했다. 나는 왜 갑자기 군에 자진 입대하느냐고 묻지 않았다. 그리고 잠시 셋은 헤어졌다. 스물네 살의 봄날은 나를 유독 힘들게 만들었다. 대학 졸업 후 혼돈스럽고 두려운 나날이 이어졌다. 뭔가 손에 잡히지 않았고 불면증이 거의 매일 나를 괴롭혔다. A에게서 전화가 왔을 때 알 수 없는 호기심이 일었으며, 만나자는 약속을 쉽게 해버렸다. 「스무드 오퍼레이터」를 들을 때마다 아랫도리가 움츠러드는 이유를 알고 싶었다. 주로 셋이서 함께 만나다가 둘이서만 포장마차에 앉자 많이 어색했다. 술잔이 몇 번 비워지자 A는 예전의 눈길이나 말투가 되살아났다. 은근히 궁금했던 것을 술김에 물었다. 혹시 샤데이의 「스무드 오퍼레이터」를 아냐고. A가 잠시 놀라는 듯 멈칫하더니 갑자기 눈길부터 숨결까지 불타는 좀비로 변하기 시작했다. 알고 있다고. 너무 잘 알고 있다고. 본인 최애곡이라고. 숨을 뜨겁게 몰아쉬며 몇 번이나 그답지 않게 말을 더듬었다. 그러곤 나를 향해 코를 벌렁거리며 말했다.

"아! 이 페로몬 냄새, 질식할 거 같아."

그가 하는 행동에 나는 모른 체하고 가만있기만 했다. 그가 열풍처럼 몰아붙였다. 취기에 가만있으라는 말만 귓가에 계속 들렸다. 그리고 열풍 같은 그의 숨결이 목덜미를 스쳤고 불타는 좀비처럼 그가 덮쳤다. 「스무드 오퍼레이터」가 밤새 귓가에 맴돌았다. 나는 멜로디에 푹 젖어들었다. 새벽녘 비몽사몽 헤매면서 차디찬 봄길을 걸었다. 누구와 함께 있었는지 기억나지 않았다. 새벽길을 걸으며 술로 마취된 밤의 기억을 머릿속에서 수술하듯 도려냈다. 하지만 아랫도리 흔적은 너무 크게 느껴졌다. 다음 날 A에게서 전화가 왔을 때 받지 않고 문자로 단호하게 거절했다. 앞으로 훈이와 셋이서 같이 만날 때만 보자고. A가 귀대한 이틀 후 훈이는 춘계학술대회를 마치고 귀국했다. 몸에 남은 흔적은 나를 혼돈 속으로 빠뜨렸다. 쉽게 치유되지 않았다. '몸의 흔적을 꼭 지워야 하나?' 혼돈과 상실의 나날이었다. 훈이가 귀국 후 내 얼굴을 보더니 당황하면서 걱정했다. 아무 말도 할 수 없었다. 그냥 출판사

일이 힘들다고, 공무원 시험을 포기하고 싶다고 힘없이 변명했다. 훈이가 굳게 입을 다물며 나를 힘껏 껴안았다. 그리고 사랑한다고 굵고 깊은 목소리로 몇 번씩이나 내 귀에 속삭였다. 훈이가 내 혼돈과 상실을 치유해줄 것 같았다. 훈이의 반듯한 모습 속에 안주하고 싶었다. 흐트러지지 않는 훈이의 모습이 사랑스러웠다. 훈이가 속삭이는 '사랑한다'는 말에 차츰 몸의 흔적이 잊혔다. 그날 밤 귀가 후 남편은 사랑한다는 말을 하지 않았다. 샤워를 하고 남편이 좋아하는 잡채를 준비하고 살짝 화장한 후 실크 가운을 입고서 남편을 기다렸다. 하지만 남편은 사랑한다는 말을 하지 않았다. 남편은 시무룩하게 A가 당분간 뉴욕에 머물며 귀국하지 않겠다고 했다며 보고하듯 말을 던졌다. 남편을 짜증스럽게 몰아붙였다. 이젠 A가 친구처럼 느껴지지 않고 귀찮은 방문객 같다고 말했다. 하지만 며칠 후 남편 몰래 이혼 서류를 내 서랍에 숨겨뒀다. 그렇게 해야 살아갈 날이 편할 듯했다. 아이들이 클 날만 기다리면서 간혹 이혼 서류를 꺼내보곤 했다.

여름은 쉽게 가지 않았다. 열풍은 8월 끝 무렵까지 해운대를 휘몰아쳤다. 아들이 대학에 입학하자 세월이 느껴졌다. 그동안 아이들 교육에 몰두한다고 시간 가는 줄 몰랐다. 우리 부부는 아이들을 위해 여러모로 세심하게 의논했다. 아이들은 기대 이상으로 착실하게 공부해서 각자 원하는 대학에 입학했다. 공허한 시간을 다시 출판사 업무로 메웠다. 두 아이가 서울로 간 후 마음이 텅 빈 듯했고, 갱년기가 시작되는지 몸 여기저기가 아팠다. 남편의 배려는 언제나 다정하고 따뜻했다. 둘만의 시간이 많아지면서 함께 문화생활과 운동을 했다. 남편은 A에 대해 얘기를 꺼내지 않았다. 나도 굳이 묻지 않았다. 이미 지워진 세월로 기억했다. 8월 마지막 날, 클래식 음악과 오전의 커피는 나른한 휴식을 느끼게 했다. 모처럼 조간신문을 읽으며 여유를 즐기고 싶었다. 문화면을 읽고 부고란을 보는데 깜짝 놀랐다. 재미 작곡가 겸 프로듀서 A가 교통사고로 뉴욕에서 49세의 나이로 사망했다는 기사였다. 급히 남편에게 전화했고 남편은 힘없는 목소리로 어제 A의 사망 소식을 들었다고 했다. A에게 벌을 받는 느낌이 들었다. 어제 퇴근하던 남편 얼굴이 떠올랐다. 남편은 많이 침울했고 말이 없었으며 피곤해서 빨리 자야겠다고 일찍 잠자리에 들었다. 나는 급한 원고 교정 때문에 무심하게 지나쳤다. 가슴이 답답했다. 숨이 자꾸 목에 걸렸다. 커피의 쓴맛이 짜증스러웠다. 'A에게 마지막으로 벌을 받아야 돼.' 눈물보다는 미안함이 앞섰다. 그냥 있을 수 없었다. 마냥 열풍 속으로 빠지고 싶었다. 해운대 바다는 열풍에 격하게 출렁거렸다. 수평선 너머 뭉게구름은 뜨겁게 타는 듯 보였다. 열풍이 나를 휘감았다. 열풍에서 벗어날 수 없었다. 겨우 열풍 속을 걸었다. 미스 블랙 카페에 가자마자 하이네켄과 샤데이의 「스무드 오퍼레이터」를 신청했다. 갑작스런 내 행동에 미스 정은 당황해했다.

"빨리 틀어줘."

"가만있어봐. 언니 어디 아파? 왜 이렇게 떨어?"

미스 정의 가만있으란 목소리가 멜로디에 섞여 귓속으로 파고들었다. 온몸이 떨렸다. 열풍이 부는 대로 몸이 격렬하게 흔들렸다. 잊혔던 세포의 기억들이 아랫도리에서 되살아났다. 세포의 기억들이 흔적을 크게 만들어갔다. 내 몸에서는 A가 죽지 않았다. 슬프지 않았다. A가 내 몸속에서 꿈틀거렸다. 혈관이 팽창된 두 손으로 온몸을 더듬었다. 몸 구석구석이 뜨겁게 타올랐다. 몸이 타는 것을 처음 느꼈다. 열기에 하체가 떨렸다. 하체 깊숙이 만들어진 흔적의 기억이 세포들을 자극했다. 잠잠하던 세포들이 자극에 따라 꿈틀거렸다. 하지만 갈증을 풀 수 없었다. '그동안 몸이 갈증을 느끼지 못하고 상실된 몸으로 지냈구나.' 멜로디에 빠져들면서 깨달았다. 흔적이 멜로디와 함께 몸에서 되새김됐다.

그 여름날 밤 무섭게 몰아붙이는 열풍 속에서 흔적이 처음 만들어졌다. 그리고 상실에 대한 혼돈과 번민이 시작됐다.

사진반 회원들은 유달리 더운 날씨에도 영남 알프스 여름 풍광을 촬영한다고 종일 여념이 없었다. 덕분에 식사 후 뒤풀이는 펜션 앞마당을 파티장으로 만들었다. 세 사람은 졸업 전 마지막으로 사진반 여름 촬영 여행을 함께했다. 모두 빨리 술에 취했고 신나게 여름밤 열기에 빠져들었다. 시원하다는 배냇골이건만 그날은 열풍이 격하게 몰아쳤다. 우리는 함께 어울리며 여름밤의 낭만을 즐겼다. 훈이는 동기생과 술잔을 기울이며 대화를 나눴고 A는 여기저기 돌아다니며 술잔을 나누고 희희낙락거렸다. 모처럼 여름밤의 낭만에 취하다 보니 빨리 피곤해졌다. 나는 먼저 숙소로 들어왔다. 잠결이었다. 온몸이 묵직했고 누군가에게 꼼짝없이 묶였다. 뜨겁고 거친 숨결이 목덜미를 몰아붙였다. 흔적이 만들어지는 아픔이 온몸을 갈기갈기 찢어놨다. 아픔을 뿌리치려고 안간힘을 썼지만 점점 더 심하게 아파왔다. 뜨거운 손이 입을 막으며 '가만히 있어. 가만히 있어' 하고 윽박질렀다. 열풍이 창틈으로 쉴 새 없이 불어닥쳤다. 헉헉거리며 아픔을 견뎌내려고 했지만 소용없었다. '가만히 있어'라는 소리만 귓속으로 파고들었다. A의 목소리였다. 그때 창틈으로 열풍과 함께 노래의 멜로디가 끈적하게 스며들었다. 누군가가 듣고 있는 샤데이의 노래였다.

"너의 페로몬 향기가 나를 질식시켜. 미칠 지경이야."

A는 거칠게 숨을 토하며 소리쳤다. 멜로디가 머릿속에 채워지면서 아픔이 조금씩 사라졌다. 그냥 멍하게 듣기만 했다. 아랫도리의 세포들이 멜로디를 따라 움찍거렸다. 뜨겁게 포효하더니 A는 열풍 속으로 사라졌다. 아픔은 몸 깊숙이 큰 흔적을 남겼다. 흔적이 얼마나 크게 만들어졌는지 알 수 없었다. 머릿속에 샤데이의 「스무드 오퍼레이터」 멜로디만 며칠

을 계속 맴돌았다.

저녁 무렵 딸애가 혼자 현관문을 열고 들어섰다.

"내가 좋아하는 시래기 감자탕 냄새네. 돼지갈비는 넣었어?"

딸애는 부엌 쪽으로 오며 명랑 쾌활하게 말을 한다. 베이지색 민소매 원피스 차림의 딸은 25세의 젊음을 싱싱하게 드러낸다. 딸애가 오자 집안이 정리되는 듯하다. 언제나 그랬다. 내가 미안하다는 생각을 가질 틈을 주지 않았다. 자기 덕분에 행복한 가정을 가지게 되지 않았냐고 가끔 우리 부부에게 거리낌 없이 말을 한다. 딸애 덕분에 집안은 언제나 편하게 돌아간다. 딸애는 식탁 위에 만들어놓은 미역오이냉국을 후루룩 마신다.

"일찍 왔네? 아빠가 마중 가서 함께 오는 줄 알았어."

"엄마와 바닷가를 걷고 싶어서."

아리송한 미소를 지으며 나를 이끈다.

"갑자기 웬 데이트? 저녁 식사 후 아빠와 함께 산책하자."

"아니, 엄마에게 먼저 할 말이 있어서. 지금 내 나이 때 엄만 나를 가졌잖아? 여자끼리 얘기하고 싶어."

딸이 낯설게 보인다. 어느덧 여자로서 의젓하게 내 앞에 서 있다. 스물다섯 살 딸애는 예전의 나처럼 보이지 않는다. 열풍 속에서 딸애는 활기차고 당당하게 걷는다.

'상실할 게 없나? 딸애는?'

열풍 속에서 움츠러지는 나 자신에게 물어본다. 딸애에게 미안함을 느낀다. 아빠를 매우 사랑하는 딸애가 간혹 부러웠다. 해운대 바닷가는 여름 열기로 붐비고 있다. 오늘따라 여행 온 기분이 들어 걸음걸이가 어색하다. 딸애보다 먼저 어색함에서 벗어나고 싶다.

"나 이혼하면 어떨까?"

머뭇거리다 짜증스럽게 말을 건넸다. 자신이 흔들리는 것을 느꼈다.

'괜한 말을 했나……'

갈증을 느끼며 혼란스럽다. 딸애가 걸음을 멈추고 어처구니없다는 듯 웃음을 터트린다.

"엄마 요즘 동화 속에 빠졌어? 우리 가정에 이혼 사유가 뭐 있다고. 갱년기가 되니까 너무 심심해? 엄마 아빠 금슬 좋기로 소문났잖아. 그리고 우리도 행복하고."

의아하다는 듯 나를 빤히 쳐다본다. 대답을 잃고 수평선 쪽으로 눈길을 돌렸다. 갑자기 열풍이 우리 모녀를 휘몰아쳤다.

"엄마보다 내가 더 문제가 생겼어. 엄마, 나 임신했어. 근데 결혼은 하고 싶지 않아."

놀랄 틈도 없다. 딸애 얼굴에 흔적이 크게 보인다. 딸애 흔적의 정체를 알 수 없다. 딸애는 무엇을 상실해야 할까? 아니면 상실하지 않고 지낼 수 있을까? 해운대의 열풍이 계속 우리 모녀를 휘감는다.

페로몬 향기가 밤의 열기 속으로 퍼진다.

당당하게 일어서고 싶다.

페로몬을 짙게 뿌리면서

멜로디에 맞춰 밤을 뜨겁게 휘저으며 그때의 밤을 잊어 버려야 한다.

편안하게 아침을 맞이하기 위해.

붉은 비닐 노끈

1

수군거리는 소리가 어김없이 오늘도 들린다. 나날이 수군거리는 소리가 커져간다. 처음에는 그냥 그녀들의 아침 수다구나 생각했다. 하지만 바람결에 들려오는 수군거림에는 나에 대한 얘기들이 많았다. 귀가 점점 골프연습장 휴게실 쪽으로 기울어졌다. 오늘은 뭘 수군거릴까? 은근히 호기심이 생기고 흥분조차 하게 됐다. 언뜻 새로 사 입은 골프웨어에 대해 수군거리는 것 같았다. 점점 청각이 예민해지면서 소리들이 또렷하게 들렸다. 골프연습장은 백여 평 정도로 좁다. 골프연습장 그물망 비거리가 육십 미터 정도밖에 되지 않는다.

아파트와 함께 이십여 년 전에 만들어졌다. 그래도 아파트의 대표적인 건물로 육백여 세대 아파트 주민들에게는 고급스런 휴식처이다. 골프연습장은 십여 명이 스윙 연습을 할 수 있을 정도로 좁기도 하지만 수군거리는 말들이 나에 대한 것들이니 신경이 예민해지게 된다. 오전 아홉시 시간대 골프연습장에 모이는 아파트 사람들은 유별나다. 골프채로 스윙 연습을 하기보다 수군거리는 소리에 더 신경 쓰게 된다. 삼 미터 거리의 휴게실은 수군거리는 소리를 숨길 수 없다. 내가 입은 골프웨어에 대해 얘기하는 게 분명하다. B동 513호 언니 목소리가 많이 들린다. 이때다 싶은 생각이 들었다. 그녀들의 수다에 끼어들 수 있다. 잠시 7번 아이언 스윙을 멈추고 당당히 미소 지으며 휴게실로 갔다. B동 513호 언니가 깜짝 놀라며 말을 건넨다.

"어디서 예쁘고 늘씬한 골프웨어를 샀어? 요즘 유행하는 윙 제품 같아. 그런 패션은 보기 힘든데. 스윙은 잘돼?"

수군거리는 목소리가 평소처럼 커졌다. B동 513호 언니의 뻔뻔스러움이 친근하게 느껴진다. 몇 달 전과 달라진 대화는 나를 오히려 편하게 한다. 스스럼없이 웃으면서 고맙다는 인사를 했다. 오전 아홉시 시간대에 그녀들과 함께 얘기할 수 있다는 것이 은근히 기쁘고 즐겁다. 커피를 권하는 곱창집 동생이 반갑다. 그녀들의 커피는 특별해 보였다. 휴게실 안에서 수군거리면서 마실 수 있는 그녀들만의 커피다. 그녀들 웃음이 그리웠다. 그녀들과의 대화가 나의 아침을 들뜨게 한다.

좁은 골프연습장은 한 명이라도 열외일 수 없다. 서로 부딪히는 공간이 협소해서 왕따는 바로 눈에 띄게 된다. 그리고 그녀들 아침 수다의 맛있는 재료가 된다. 이십여 일 전 골프 연습을 시작했을 때 '얼굴이 너무 좋아졌다', '남편상 당한 여자 맞아? 일 년도 안 됐는데……' 등의 수군거림을 들었다. 하지만 비아냥거리는 말들보다 그 시간대에 골프장에 갈 수 있다는 흥분이 더 컸다. 육 개월을 겨우 참고서 골프연습장에 육 개월 치 레슨비를 포함해 등록을 했다. 커피를 마시는 그녀들의 표정이 제각기 묘하다. 친근한 이웃들인 것도 같고, 이방인에 대해 거부감을 보이는 것도 같다. 그러나 그녀들의 그런 표정에 개의치 않는다. 그 시간대에 그녀들과 함께 골프연습장 휴게실에 함께 있다는 게 중요하니까.

"일 년 전 가끔 변호사님과 함께 스윙 연습할 때 보기 좋았는데……"

수정이 엄마가 커피를 더 따라주면서 말끝을 부드럽게 낮춘다. 수정이 엄마가 말을 끝내기 전에 그녀들 표정이 굳어진다. 나도 굳어지는 체한다.

"애 아빠에게 많이 배웠어요. 혼자 연습하려니 힘드네요. 골프 레슨을 받기로 했지만 많이 가르쳐주세요."

오전 아홉시 시간대의 골프연습장 분위기는 그녀들만의 수다로 화기애애하다. 아파트단지 안에서 오십여 평 아파트에

사는 여유 있는 중년 여자들의 고급 휴식처다. 오전 아홉시 시간대가 만드는 여유는 그녀들의 부와 권력을 나타낸다. 마음껏 웃으면서 그녀들과 커피타임을 가졌다. 십여 분의 수다지만 아홉시 시간대 휴게실에 안착한 기분이다. 그녀들도 조금 전 수군거림의 주인공이 나라는 걸 잊은 듯하다.

"혹시 함께 골프장 필드 나가는 팀이 있어요?"

곱창집 동생이 넌지시 물어본다. 없다고 답을 한다. B동 513호 언니는 나잇살 오른 얼굴에 언짢은 표정을 짓는다. 그동안 나에 대해 많이 수군거린 것을 알고 있다. 513호 언니가 어색한 얼굴로 수정이 엄마를 쳐다본다. 그녀들 수다 속에 나를 끼워주고 싶지 않은 듯하다. 그녀들의 수다는 부유하다. 부동산부터 골프장 부킹, 해외여행, 사회봉사, 주식, 세금 문제, 자녀와 손자 손녀의 교육, 패션 등 온갖 여유 부리는 얘기가 쏟아진다. 어느 한 가지라도 빠지면 그녀들 눈에 홀대하는 눈빛이 보인다. 사실 그녀들은 오전 아홉시 시간대를 벗어나면 그냥 아파트의 이웃일 뿐이다. 슈퍼마켓이나 시장, 반찬가게, 카페, 빵집, 옷집이나 관공서, 거리나 엘리베이터 안에서는 반갑게 인사만 하면 된다. 그런데 오전 아홉시 시간대 골프연습장에서만 그녀들은 특별하게 변한다. 육백 세대 아파트단지에서 소문은 번개처럼 빠르게 퍼진다. 아파트 내 온갖 소문들은 골프연습장 휴게실에서 오전 아홉시 시간대에 그녀들의 수다와 함께 재판대에 오르곤 했다. 대부분의 주민들이 입주한 지 십 년이 넘었다. 나는 변호사 아내로서 구 년 전에 입주했다. 42평 아파트로 이사 올 때 남편에게 닦달했다. 미리 53평으로 이사 가자고. 남편의 고집은 여전했다. 쓸데없는 낭비는 필요 없다고 했다. 하지만 40평대와 50평대 아파트의 주민 생활은 엄연히 달랐다. 평수는 십여 평 차이지만 흰색과 검은색으로 색칠한 듯 뚜렷하게 모든 면에서 차이를 보였다. 남편은 그따위 것들에 신경 쓰지 말라고 우악스럽게 고함을 질렀다. 남편에 대한 내 마음속 불만의 집은 또 몇 장의 벽돌이 쌓이듯 커져갔다.

"변호사네가 오십 평대 B동으로 옮긴다며?"

정형외과 의사 부인이 휴게실로 들어오면서 며칠 전 행복부동산에서 들었다는 얘기를 꺼내놓는다. 휴게실 안 그녀들이 의심스런 눈빛으로 쳐다본다.

"애 아빠가 돌아가시기 전에 이사하려고 부동산에 계약했었어요. 애 아빠 유지를 따라야지요."

편하게 웃으며 받아친다. 거짓말이 입에서 술술 나온다. 놀라는 그녀들 표정이 가슴속에서 웃음을 만든다. 망설이지 않고 한 달 전에 그렇게 가고 싶던 53평 아파트를 계약했다. 그녀들과의 대화가 은근히 잘 풀리는 듯하다. 나에 대해 언제 수군거렸냐는 듯이 나를 편하게 대한다. 오후 시간대에 골프연습장으로 와서 몰래 스윙 연습을 하곤 했다. 하지만 오후 시간대 골프연습장은 남녀노소 아파트 주민들로 어수선하고 붐빈다. 마치 복잡한 골목시장 같은 분위기라서 그들과 함께 연습하는 것이 격에 맞지 않는다는 생각이 들었다. 간혹 남편에게 밤을 줬다. 고문 같은 밤이었지만 남편을 조용히 달래기 위해 어쩔 수 없었다. 남편의 뜨거운 호흡이 끝나면 오전 아홉시 시간대에 골프연습장에서 스윙을 가르쳐달라고 코멘소리를 했다. 힘든 연기였다. 오전 아홉시 시간대에 혼자 갈 수는 없었다. 남편은 그 시간대에는 바쁘다고 매정하게 거절했다. 코 고는 소리만 들리곤 했다. 어쩌다 오전 재판이 없는 평일에 남편이 골프연습장에 갈 때면 자랑하고 싶은 마음으로 나를 데려가곤 했다. 그녀들은 남편의 출현에 반갑게 인사로 맞이했다. 남편은 거들먹거리며 나에게 스윙을 가르쳐줬다. 그녀들의 분위기는 우아한 듯했다. 나는 주눅 든 듯 남편 옆에 붙어 있기만 했다. 남편에 대한 내 가슴속 불만의 집이 커져갔다. 그녀들에게 착한 아내로 보이는 것이 싫었다. 남편이 좋은 남편으로 보이는 것은 더욱 싫었다. 그녀들과 아침 수다를 떨 수 있으리라고는 남편 생전에 전혀 기대하지 않았다. 그녀들의 아침 수다가 부러웠고, 그럴수록 남편에 대한 불만의 집이 차곡차곡 지어졌다.

골프 레슨을 마친 오전 열한시 시간대 골프연습장은 썰렁하다. 레슨프로는 이층 자기 방으로 올라갔고, 휴게실에는 늙은 관리인만 꾸벅꾸벅 졸고 있다. 그녀들이 사라진 휴게실은 정적만 감돈다. 북적거리고 시끄러웠던 그녀들의 수다가 그럽다. 그녀들은 제각기 할 일이 있다는 듯 삽시간에 사라졌다. 딱딱 공 치는 소리도, 레슨프로의 거친 목소리도, 떠들썩한 수다도 골프연습장에서 증발돼버렸다. 몇십 분간은 혼자 우두커니 의자에 앉아 있었다. 새소리나 휑하게 부는 바람 소리만 골프연습장을 메울 뿐이다. 좁아 보이던 골프연습장이 축구장만 하게 보인다. 조금 전 그녀들과 어떤 대화를 나눴는지 까마득하다. 그녀들을 따라서 웃었고, 그녀들과 함께 커피를 마셨으며, 그녀들의 표정만 본 듯하다. 뭘 할까? 골프 연습으로 욱신거리는 어깨를 만지며 연습장 바닥에 뒹굴고 있는 골프공을 무심히 세어본다. 하나둘 세다가 헷갈려서 다시 세곤 한다. 무슨 짓이지? 한의원에 가서 어깨 마사지나 받을까? 오전 열한시 시간대가 지나가는 속도가 느리다. 일 년 전 남편과 함께했던 오전 열한시 시간대는 매우 바빴다. 월, 수, 금 주 3일 남편 법률사무실에서 남편과 바쁘게 재판 준비를 했다. 환갑의 나이에 남편과 함께 근무한다는 것이 억울했다. 사무직원을 구하기 힘들다는 이유로 젊을 적 경력을 살리라며 근무를 강요했다. 몇 달만이라는 약속은 깨지고 아파트로 이사 온 후 계속 매주 월, 수, 금을 남편 사무실에서 일했다. 남편에 대한 미움과 불만의 집을 짓는 것도 하루 일과가 됐다. 남편이 한마디 할 때마다 빠르게 불만의 집이 지어졌다. 이혼이라는 서류는 남편에게 쓸데없는 종이 쪼가리였다. 남편은 이십여 년 전 나의 과오를 약점으로 잡고 있었다. 나는 남편의 그물에 걸려들어 팔딱거리는 물고기 신세가 됐다. 남편이라는 허울을 쓴 채, 포악한 상관으로 행동했다. 갱년기 사무실 업무는 고역이었다. 모른 체하는 것인지, 모르는 것인지 35년 결혼 생활은 종지부를 찍을 수 없는 고문이었다. 바람에 펄럭이는 골프장 그물망을 멍하게 바라보는데 남편 얼굴이 그물망 따라 펄럭거렸다. 갑자기 어른거리는 남편 얼굴이 웃었다가 찡그렸다가 다정했다가 화를 냈다가, 팔색조처럼 변한다. 진짜 남편 얼굴을 찾을 수가 없다. 오전 열한시 시간대에 남편과 함께 있었던 세월이 길었다. 오전 열한시 시간대에 남편 이외의 사람들은 거의 접할 수 없었다. 남편이 사라진 오전 열한시 시간대가 갑자기 공허하게 느껴졌다. 점심을 함께하던 남편의 얼굴이 그물망에 어른거린다. 당신 좋아하는 생대구탕 어때? 징그럽게 웃는 남편을 흘겨봤다. 구 년 전부터 정오의 점심은 또 다르게 변신한 남편과 함께였다. 점심시간만은 상관이 아니라 남편으로 돌아왔다. 언제부터 남편에 대한 불만과 미움의 집을 지었는지 기억이 까마득하다. 어떻게 지었을까. 혼자 있는 오전 열한시 시간대에 회상해보지만 불만의 집을 짓는 방법을 잊어버렸다. 오전 열한시 시간대 골프연습장에 혼자 있는 것은 마치 뜬구름처럼 붕 떠 있는 느낌이다. 서류 정리로 바쁘게 움직였던 손가락들을 유심히 바라본다. 골프 스윙할 때보다 더 바빴다. 컴퓨터 자판을 두드렸던 손가락들이 가늘어졌다. 타이핑 흉내를 내보지만 힘이 없다. 그렇구나, 변하는구나. 마음이 텅 빈다. 그때 휴대전화가 울리며 큰딸 전화번호가 뜬다. 갑자기 반가워서 코끝이 찡해온다.

2

엄마, 왜 아파트를 큰 평수로 이사해? 큰딸이 보자마자 굳은 얼굴로 다짜고짜 따진다. 갑자기 나타난 큰딸이 반갑고도 놀라웠다. 지금 시간이면 대전에서 영어 교사로 아이들을 가르치고 있어야 할 큰딸이 골프연습장에 불쑥 나타나서 화난 표정으로 말을 쏟아낸다.

"도저히 엄마를 이해할 수 없어. 혼자 살면서 큰 평수로 옮겨야 할 이유가 뭐가 있어."

정오는 큰딸의 화난 목소리로 시작한다. 갑자기 왜 큰딸이 나타나서 화를 내지? 하지만 혼자 있을 때 허전했던 마음이 반가움으로 채워진다. 점심은 남편 생전에 가족 모임을 했던 샤브샤브 식당에서 하자고 한다. 큰딸이 샐쭉거리며 앞장선다. 식당으로 들어가자 큰딸은 감회가 새로운 듯 천천히 식당을 둘러본다. 남편은 유달리 샤브샤브 요리를 좋아했다.

"엄마, 생각나? 이십 년 전 서울로 떠나기 전날 함께 식사할 때 아빠가 했던 말."

큰딸이 굳이 그날을 회상하다니. 여기서 얼마나 자주 가족 식사를 했는데 하필 서울로 떠나던 전날 저녁이라니. 남편은 중학교를 갓 졸업한 큰딸 손을 꼭 잡고 '서울 가서 생활하면 엄마를 부탁한다'며 여러 번 당부했다. 큰딸과 아들 그리고 막내딸이 어리둥절한 눈으로 아빠를 바라봤다. 중학교에 입학하는 아들이나, 초등학교 4학년인 막내딸에게 갑작스러운 서울 이사는 이해할 수 없는 일이었다. 아들과 막내딸은 서울로 가기 싫다며 나와 남편에게 며칠을 울면서 투정을 부렸다. 큰딸도 부산에 아빠만 두고 서울로 전학 간다는 것을 받아들이지 못했다. 큰딸은 서울 이사를 두고 엄마와 아빠가 다투는 것을 여러 차례 목격했다. 나는 아이들을 좋은 대학 보내려면 서울로 가야 한다고 했고, 남편은 거친 목소리로 반대했다.

"왜 그때 아빠가 엄마를 부탁했는지 알 거 같아."

큰딸이 식당 사장에게 인사하고 의자에 앉으면서 판결을 내리듯이 얘기한다.

"굳이 아빠를 혼자 두고 우리만 서울에 올 필요가 없었어. 서울에서의 생활은 엄마를 위한 거였어."

큰딸이 작심한 듯 쌀쌀맞게 몰아붙인다.

"쓸데없이 53평 아파트로 이사하지 마."

큰딸의 눈초리가 치켜 올라가는데 남편 표정이 겹친다. 화가 난 듯 정색하며 얘기하는 목소리조차 남편을 놀라울 정도로 닮았다. 남편과 마주 보고 있는 듯한 착각에 빠진다.

"서울에서 우리를 핑계로 50평대 아파트에서 살아봤잖아."

큰딸의 말을 묵묵히 듣고 있다가 입안에서 야채를 씹으며 딸에게 원망하듯 말한다.

"너라면 이 에미가 큰 평수 아파트로 이사 가는 것을 이해해야 하는 거 아니니?"

"나도 알아. 대전에 살면서 이모할머니를 통해 엄마에 대해 얘기 많이 들었어. 근데 굳이 아무 연고 없는 부산에 아빠가 변호사 사무실을 열 필요는 없었어."

큰딸은 조목조목 판결문 읽듯 말을 이어가더니 표독스럽게 판결을 내린다.

"엄마는 우리를 볼모로 아빠를 괴롭혔어!"

가슴이 섬뜩해지며 큰딸을 쳐다본다. 눈물이 날 것 같다.

그때는 어쩔 수 없었다. 점점 남편의 눈길은 의심으로 가득 찼다. 나날이 조여오는 남편의 눈길을 벗어나고 싶었다. 결혼 13년째 접어들면서 세 아이의 엄마로 살아가기에는 남편과의 밤이 무서웠다. 점점 가슴과 몸이 너덜너덜 찢어지면서 깜깜한 앞날만 보였다. 이혼까지 생각했으나 세 아이의 눈이 반짝였고, 그동안의 고통이 허무하게 여겨졌다. 왜 이렇게 살아야 하나, 우울증에 빠졌다. 상지 법률사무실에서 처음 남편을 봤을 때, 남편은 나의 생명줄 같았다. 남편은 초임 변호사로 상지 법률사무실에서 근무를 시작했다. 남편은 165센티미터 정도의 작은 키에 통통한 체격이었고 외모는 저팔계라는 별명

그대로였다. 변호사라는 직업, 깊은 쌍꺼풀과 함께 반짝이는 눈동자만이 그나마 남편을 볼품 있게 만들었다. 함께 근무를 시작한 장 변호사보다 여러 면에서 눈에 띄지 않았다. 하지만 내게는 남편이 더 많이 눈에 들어왔다. 장 변호사가 내게 눈길을 줬지만 모른 체했다. 그럴수록 더 친절하고 따뜻하게 남편을 대했다. 남편만이 어둡고 처참한 과거에서 나를 벗어나게 해줄 것 같았다. 24년간의 암담한 삶이 지워질 것 같았다. 남편 앞에서 비련의 공쥐 같은 연기는 쉬웠다. 남편은 내 연기에 쉽게 감동했다. 말단 사무직 여직원이라는 내 처지를 남편은 마음에 두지 않았다. 남편과 함께 근무한 지 육 개월 만에 호텔에서 첫 밤을 보냈다. 몸은 쉽게 내던져졌다. 눈만 질끈 감고 남편 따라 움직이면 됐다. 후회가 되지 않았다. 변호사라는 명함은 유혹적이었다. 일 년쯤 되었을 때 사무실에 나와의 데이트가 소문이 났다. 은근히 바라는 대로 소문이 커지면서 나는 뻔뻔한 여자로 여러 사람 입에 오르내렸다. 그러나 나는 이미 뻔뻔스러워지기로 마음을 굳힌 터였다. 암담한 삶은 고문처럼 따라다니며 독약 같은 저주만 가슴에 담게 된다. 결혼 과정은 평탄치 않았다. 변호사라는 직업은 홀어머니 슬하의 큰아들이라는 중산층 남편을 곧바로 상류층으로 만들었다. 남편은 개천에서 난 용이었다. 복잡한 가족사, 변변찮은 집안에 전문대학을 나온 법률사무소 말단 사무직인 나를 시어머니는 며느리로 받아들일 수 없었다. 몇 번씩이나 '감히'

라는 말을 욕설처럼 내뱉었다. 그럴수록 남편과 자주 밤을 함께했고, 시어머니 앞에서는 다소곳이 고개 숙여 흐느꼈다. 나에게 중독된 남편은 시어머니와 시누이들을 설득했고 큰딸 임신 두 달째에 결혼식을 올렸다. 시집살이는 혹독했다. 결혼 후 남편은 나의 밤을 몽땅 빼앗아갔다. 굶주렸던 사람처럼 밤마다 내 몸을 탐닉했다. 점점 밤을 잃은 나는 임신중독증과 함께 밤이 무서워졌다. 임신 말기에 이모 집으로 피신했다. 남편은 이모 집으로 매일 찾아왔다. 남편을 몰랐다는 후회가 생겼다. 하지만 남편은 유망한 변호사였다. 고된 시집살이든 남편에 대한 불만이든 참을 수 있었다. 남편이 개인 변호사 사무실을 차리려 할 때, 매일 밤 울면서 애원했다. 고향인 대전이 싫다고, 다른 도시로 가서 변호사 사무실을 열자고. 시댁의 반대는 대단했다. 아들을 낳자마자 당당하게 부산에 사무실을 열자고 요구했고, 대전을 떠났다. 고향 대전을 떠날 때 시원한 마음만 가득했고 속으로 한껏 웃었다. 그러나 셋째를 낳고 나서 우울증이 깊어졌다. 남편은 나날이 괴물로 변해갔다. 세 아이의 엄마 구실만 하고 싶었다. 아내의 역할에서 벗어나고 싶었다. 잠자리를 거부하면 남편은 폭력까지 휘둘렀다. 폭력이 심해지면서 의처증 증세까지 보였다. 내가 알고 있던 남편이 아니었다. 밤을 거부할 때마다 의심스런 눈초리로 쳐다봤다. 눈초리가 험악하게 변했고 매일 밤 고문하듯 혹독하게 괴롭혔다. 낮에는 심문하듯 매일 전화로 뭐 하냐고 물었다. 남편에게서의 탈출 방법은 아이들 교육을 핑계로 하는 서울행이었다. 몇 달을 남편과의 밤을 거부하고 아이들 방에서 자면서 남편을 설득했다. 남편을 기러기 아빠로 만들었다. 서울에서의 생활은 처음 느끼는 해방감이었고, 행복한 나날이었다.

나는 큰딸의 매서운 눈길을 피하며 자식들을 볼모로 삼았다는 걸 인정하듯 조용히 고개를 끄덕인다. 큰딸이 매섭게 몰아붙인다.

"굳이 아빠를 주말까지 홀로 부산에 둘 이유는 없었어. 아빠가 주말에 서울 오는 걸 왜 반대했어? 엄마는 우리를 핑계로 아빠를 외롭게 만들었어. 지금 생각하면 아빠가 너무 불쌍해."

이삼 년 지나 서울 생활에 익숙해지자 주말에 남편이 서울 오는 것조차 귀찮아졌다. 아이들과 밤이 그립다며 하소연했지만 주말마다 서울 오는 것을 아이들을 핑계로 냉정하게 반대했다. 두어 달에 한 번이나 휴가 때 남편이 오는 것은 막지 않았다.

"물론 엄마의 어린 시절이 얼마나 처참했는지 이모할머니에게 들었어. 하지만 아빠를 너무 혹독하게 이용했어."

큰딸애가 점점 나를 범인처럼 몰아붙인다. 샤브샤브 육수가 바글바글 끓으면서 내 신경을 건드린다.

"우리를 핑계로 친할머니 돌아가시기 전까지 대전에도 가지 않았다면서?"

큰딸은 음식은 입에 대지도 않고 나를 취조하듯 쌀쌀맞게 몰아붙인다.

“나도 이모할머니에게 들었어. 외할머니가 초등학교 1학년인 엄마를 두고 첫사랑 남자와 미국으로 도망가서 전혀 소식이 없었다며. 게다가 외할아버지는 바로 보험설계사 여자와 재혼했고, 계모한테 구박을 많이 받았다면서. 불우한 어린 시절을 보내면서 엄마가 친부모 사랑을 전혀 느끼지 못했다는 거 말이야.”

어린 시절이었다. 큰딸이 모르는 어린 시절의 고통은 의붓오빠의 성추행이었다. 네 살 연상이었던 의붓오빠는 인형 다루듯 나를 괴롭혔다. 의붓오빠가 중학생이 되자 밤낮을 가리지 않고 내 몸을 만지작거렸다. 끔찍한 나날이었다. 초등학교를 졸업하자마자 단칸방 이모 집으로 도망쳤다. 아버지는 나에게 무관심해서 학비조차 주지 않았다. 중학교 때부터 온갖 알바를 다해야 했다. 소아마비인 막내 이모의 따뜻한 사랑만이 사춘기 소녀를 외롭지 않게 했다. 막내 이모의 사랑으로 겨우 전문대라도 졸업할 수 있었다. 엄마는 나를 버렸지만 내 미모는 유전적으로 엄마를 타고났다. 막내 이모가 나를 보며 “네 엄마는 예뻐서 인생이 기구한 거야”라고 넋두리처럼 슬프게 읊조렸다. “너도 제발 네 엄마 팔자를 닮지 않아야 하는데……” 막내 이모의 말이 뼛속 깊이 박혔다. 그래서 이혼은 하고 싶지 않았다. 아이들을 두고 매정하게 떠나고 싶지 않았다.

"난 너희들을 버리지 않았잖아. 그래서 너희들은 제대로 자라서 지금 셋 다 그럭저럭 잘 살아가고 있잖아."

숟가락을 식탁에 소리 나게 놓으며 큰딸에게 울먹이며 말한다. 똑바로 쳐다보는 큰딸의 얼굴에 남편이 어른거린다. 큰딸은 못 들은 척, 정오의 남편처럼 무덤덤하게 내 말을 받아 넘긴다. 정오의 점심을 마치고 식당을 나설 때 큰딸이 내 의견도 묻지 않고 남편처럼 앞장선다.

"아빠 보고 싶으니, 아빠에게 가자."

아직 남편이 정오에 내 곁에 있는 듯하다.

3

그동안 어수선하던 오후가 큰딸의 방문으로 말끔하게 정리된다. 실로암 공원묘원으로 가는 길이 큰딸과 함께라서 외롭지 않다. 남편을 보낸 후 혼자 찾아간 적은 없다. 그렇다고 남편에게 미안한 적도 없다. 일주일 내내 흐릿하고 쌀쌀하던 4월 날씨가 모처럼 화창하고 따뜻하다. 큰딸과 나들이 가는 기분이다. 그러나 큰딸의 표정은 아직도 취조하는 듯 딱딱하다. 큰딸이 운전하면서 긴 한숨 끝에 물기 있는 말을 내뱉는다.

"보고 싶어. 아빠가……"

빨간 신호등이 켜졌을 때 큰딸이 차를 세우며 심각하게 물어본다.

"왜 아빠는 자살했을까? 왜 엄마는 돌아가신 첫날 우리를 속였어?"

"이미 세상을 떠난 후라 굳이 너희들에게 아빠의 자살을 알리고 싶지 않았어. 알면 너희들 마음이 더욱 아플까 봐."

변명 같지만 진심이었다.

"하지만 우리에게 말했어야지!"

푸른 신호등으로 바뀌자 큰딸이 급발진을 하면서 내뱉는다.

그날 남편의 마지막 전화를 받은 것은 경주에서 오는 관광버스 안에서였다. 모처럼의 전통차 모임 봄나들이는 매우 즐거웠다. 오후 다섯시쯤이었다. 다들 쉴 새 없이 옆 사람과 수다를 떨고 있었다. 남편에게서 몇 번 전화 온 것을 시끄러워서 듣지 못했다. 잠시 버스가 정지했을 때 남편 전화를 받았다. 시끄러운 수다 중에 남편과 겨우 통화했다. 즐거운 봄나들이에 빠져 있던 나는 남편 목소리가 귀찮았다. 남편이 무슨 말을 하는지 시끄러워서 알아들을 수가 없었다. 겨우 "여보, 여보" 몇 번 힘없이 부르는 목소리가 들렸고, "언제 도착하지?"라며 흐리게 물었다. 곧 도착한다며 쌀쌀맞게 대답하고 전화를 끊었다. 남편이 아침 출근길에 즐겁게 옷 치장하는 나를 물끄러미 바라봤었다.

"언제 돌아와? 오후 재판 없으니 저녁에 샤브샤브 식당에서 외식할까?"

아침에도 쌀쌀맞게 "안 돼"'라고 말하면서 남편을 외면했다. 저녁 일곱시쯤 집에 도착했을 때 남편은 아파트에 없었다. 혼자 산책이나 나갔겠지 하고 편하게 생각하며 밤 아홉시까지 기다렸다. 아홉시 이후 남편에게 계속 전화했지만 신호음만 들리고 받지 않았다. 몇 군데 전화를 해봤지만 남편의 행적을 알 수 없었다. 섬뜩한 생각이 들어 119에 실종신고를 했다. 119에서 남편의 핸드폰을 추적했고, 남편이 자주 산책하던 황령산에서 전화기가 발견됐다. 119 순찰차를 타고 황령산으로 가서 구조대원들과 함께 숲속을 수색했다. 어둠이 깔린 음산한 숲길은 구조대원들의 발자국과 수풀을 샅샅이 뒤지는 소리로만 메워졌다. 구조대원들을 따라가던 나는 온몸이 식은땀으로 흥건히 젖으며 가슴이 조여 오는 아픔을 느꼈다. 숲속을 가득 채운 어둠은 절벽 같은 느낌이었고, 한 걸음 한 걸음 낭떠러지로 걸어가는 기분이었다. 구조대원들이 비추는 손전등 불빛만이 어둠을 제쳤다. "앗!" 한 구조대원이 고개를 돌리며 숲속 소나무를 보면서 비명을 질렀다. 어둠 속에 검은 물체가 나무에 매달려 있었다. 나무를 본 순간 온몸에 힘이 빠지며 머리가 새하얗게 비워졌다. 쿵, 그냥 숲길 위에 무너졌다. 남편이었다. 피에로가 잠에 빠진 듯 남편은 소나무 가지에 대롱대롱 매달려 있었다. 소나무 가지에서 급하게 남편을 내렸을 때, 붉은 비닐 노끈이 넥타이처럼 목에 매여 있었다. 붉은 비닐 노끈만 계속 보였다. 붉은 비닐 노끈이 소나무 주위에 올가미로 엮여 여러 개 흩어져 있었다. 남편은 이미 싸늘하게 식어 있었다. 붉은 노끈은 신발장 안에 있던 것이었다. 남편은 가까운 병원 영안실로 옮겨졌다. 나는 구조 대원들에게 울면서 애걸했다.

"아이들이 충격받을 테니 남편 자살은 일단 비밀로 해주세요."

하지만 아이들은 남편이 산책 중 뇌경색으로 사망했다는 말을 믿지 않았다. 막내딸이 오후에 아빠와 통화했다며 울음을 터뜨렸다. 아이들은 형사들이 왔다 갔다 하며 준 시체검안서에서 자해에 의한 사망이라는 소견을 봤다. 염습하며 입관할 때 아이들이 "왜? 왜?"를 외치며 울었다. 시신 목에 굵은 올가미 흔적이 있었다.

큰딸이 차를 세우며 긴 한숨을 토한다. 슬그머니 큰딸 눈치를 보게 된다. 추모공원은 한적하다. 납골당으로 들어가는 동안 발소리와 큰딸 한숨 소리만 잔잔하게 퍼진다. 오후 햇살이 납골당 안을 환하고 따스하게 비춘다. 남편 유골 항아리 앞에서 우리는 서로 원고와 피고처럼 마주 섰다. 남편이 웃으며 쳐다본다. '언제 얼굴이지? 이렇게 환하게 웃은 적이 있었나? 왜 낯설어 보이지? 어둠 속에서만 남편을 봐서 기억이 없나?' 뜻하지 않은 슬픔이 밀려온다.

"그날 준이와 나에게도 아빠가 전화했었어. 수업 중이라 받지는 못했어. 준이도 못 받았고. 희수만 받았는데 아빠 목소리가 촉촉했고 힘이 없었다고 했어. 그냥 안부 전화라며……"

햇살 사이로 큰딸 목소리가 차분하게 퍼진다. 하지만 귓속으로 스며들며 칼날처럼 가슴을 찌른다. 큰딸 입 모양만 쳐다본다. 말하는 모양이 언뜻 남편을 닮았다. 큰딸의 눈에는 아빠가 가득 그려져 있다.

"우리 남매는 결혼 전에는 엄마 편이었어. 엄마가 불쌍하다고 생각했지. 그런데 가정을 가지고 아이도 낳고 남편과 십여 년 지내다 보니까 아빠가 점점 이해되는 거야. 엄마만 우리를 키운 게 아니었어. 가끔 동생들과 얘기한 적이 있어. 아빠도 우리를 키웠다고. 우리가 서울에 온 후부터 아빠는 외로움을 꾹꾹 누르고 홀로 생활했던 거였어. 엄마는 아빠의 외로움을 알면서 쌀쌀맞게, 냉정하게 모른 척했어. 사실은 아빠의 지원 덕분에 나도 이렇게 따뜻한 가정을 이루게 된 거잖아. 가정의 온화한 사랑이 큰 힘이 돼. 서로 티격태격 부부싸움을 해도 사랑하며 평온한 가정을 꾸릴 수 있겠다 싶어. 남편은 언제나 아빠에게 감사하다고 그래. 그리고 그간 아빠가 힘든 생활을 하셨다고 얘기하지."

큰딸은 마치 항소인이 말하듯 나를 보며 긴 변론을 또박또박 이어갔다. 큰사위는 유독 남편을 좋아했다. 나의 냉대가 큰사위를 힘들게 했다. 큰딸이 큰사위를 데려왔을 때, 나는 왠지 억울함을 참을 수 없었고, 원통한 마음이었다. 나는 결혼을 반대했다.

"고작 고등학교 선생과 결혼시키려고 내가 그렇게 고생하며 널 키웠냐? 주위에 얼마나 좋은 신랑감이 많은데."

큰딸은 아무 말 하지 않고 그냥 아빠 곁으로 가서 눈물을 흘렸다. 남편은 조용히 큰딸을 안아주며 결혼을 허락했다. 큰딸 내외는 지금 두 딸을 낳고 대전에서 부부 교사로 알콩달콩 잘 산다. 가끔 큰딸이 부러웠다.

"나도 십여 년 결혼 생활 하다 보니 남편과 어떻게 살아야 하는지 알 거 같아. 아빠는 너무 외로웠어."

큰딸은 유심히 아빠의 사진을 바라보며 눈물짓는다.

"희수 결혼 전날 아빠가 서재에서 몰래 우는 걸 봤어. 어깨가 처진 게 너무 왜소해 보였어. 엄마는 돌아가실 때까지 아빠를 외롭게 혼자 뒀어. 고문하듯이 말이야. 물론 부부 사이 일은 두 사람만 알겠지만 아빠는 그때 엄마를 용서하며 사랑으로 받아들였는데, 엄마는 아빠를 철저하게 이용하고 외면했어."

큰딸의 목소리에 물기가 가득 담겨 있다. 남편이 두렵게 느껴져 고개가 숙여진다.

막내 희수까지 대학에 보내고 나니 마음이 홀가분해졌고, 서울 생활은 점점 즐거웠다. 취미생활로 다니기 시작한 합창단에서 정 사장을 만났다. 가슴 깊숙이 숨겨뒀던 소녀의 마음이 활화산처럼 터졌다. 주위에서 늦바람이라고 비난했지만 난 소녀의 마음을 갖고 싶었다. 이혼을 결심했다. 하지만 정사장 아내의 고소로 미국행 도피는 실패했다. 남편은 홀로 남게 된 나를 묵묵히 받아들였다. 그때까지는 아이들도 나를 옹호했다. 하지만 그 이후로 아이들은 아빠를 바라보곤 했다. 아들이 먼저 아빠의 외로운 눈동자를 알아챘다. 그리고 나에게 아빠에게 잘하라고 잔소리했다. 지금 아이들은 그들이 원하는 가정을 행복하게 꾸려간다. 큰딸은 항소인으로, 남편의 변호인으로, 검사로 변신해 판결을 위한 마지막 변신을 준비한다. 큰딸은 판사처럼 준엄하다.

"엄마가 아빠를 살해했어. 아내로서 처음부터 살해 동기를 갖고 결혼했어. 37년 결혼 생활 동안 엄마는 외로움이라는 독약을 아빠 가슴에 몰래 조금씩 채워 넣었어."

큰딸의 얼굴에 눈물 짓든 어둠이 서린다. 오후 햇살이 납골당에서 사라지며 저녁 그림자가 드리워진다. 큰딸 목소리만 계속 가슴을 친다.

"엄마가 아빠를 살해했어."

4

밤이 매몰차게 밀어닥친다. 4월 밤바람이 저승사자처럼 휘몰아친다. 갑자기 불어닥친 밤바람에 창문이 으스스하게 덜컹거린다. 밤에 묻힌 창밖이 공허하다. 창밖을 보니 가슴이 서늘하다. 큰딸에게 집에서 저녁을 같이 먹고 대전 가라고 부탁했다. 하지만 큰딸은 매정하게 떠났다.

"아이들도 걱정되고 애 아빠도 기다리고…… 편안한 내 집으로 빨리 가고 싶어."

언제부터 친정집이 불편해졌지? 큰딸은 여전히 원망스럽고 매정한 눈길을 보냈다. 식탁에 앉았지만 입맛이 없다. 오늘따라 거실이 썰렁하고 넓어 보인다. 덜컹거리는 창문 소리만 들릴 뿐이다. 50평 아파트는 얼마나 더 넓을까?

서울에 있는 아들과 막내딸에게 전화를 건다.

"주말에 내려올 수 없니?"

하지만 둘은 바쁘다는 핑계만 늘어놓는다. 누나에게 얘기 들었다며 차갑게 말하는 아들 목소리가 매정하게 느껴진다. 마음이 허전해 벌떡 일어나 내일 신을 골프화를 찾으러 신발장을 연다. 갑자기 신발장에 있던 붉은 비닐 노끈 꾸러미가 우수수 떨어진다. 순간 온몸이 오싹해진다. 발로 노끈 꾸러미를 차서 신발장 구석으로 밀어 넣는다. 그때도 소나무 주위에 여러 개 노끈 올가미가 흩어져 있었다. 올가미를 만들 때 남편은 얼마나 외로웠을까? 가슴이 울컥한다. 언제부터 그림자가 사라졌지? 사부작거리는 소리도 들리지 않는다. 한때는 남편이 움직이는 소리도 귀찮았다. 남편 그림자로 꽉 찬 아파트가 답답하고 좁아 보였다. 어른거리던 그림자가 그립다. 사부작사부작하는 소리를 듣고 싶다. 혼자 일어서서 거실을 걸어본다. 그림자도 보이지 않고 사부작사부작 소리도 들리지 않는다. 그때 남편은 아파트가 얼마나 넓고 외롭게 보였을까? 매일 밤 독약 같은 외로움을 홀로 삼켰겠지?

"내가 남편을 죽였어……"

부부의 초상

1

놀랐는지 오늘따라 딸의 목소리가 크다.

"졸혼을 하지 않겠다고?"

나는 사과를 깎으며 무심하게 "응" 하고 대답한다. 걱정스러워 모처럼 친정집에 찾아온 딸은 걱정보다 상기된 얼굴로 따진다.

"뭐라고? 일 년 전만 하더라도 씩씩거리며 아버지를 잡아먹을 듯 난리 치더니만…… 참!"

어이없다는 듯이 딸의 목소리에 힘이 빠진다. 깎은 사과를 딸 앞에 내밀며 능청스럽게 말한다.

"살아온 대로 살기로 했어."

붉으락푸르락 부풀었던 딸 얼굴이 소금에 절인 오이장아찌처럼 변한다.

"왜 갑자기 마음이 변했어?"

이번엔 딸 얼굴이 호기심으로 가득 찬다.

"도대체 알 수 없는 엄마 마음에 우리 자식들만 조마조마했잖아."

딸은 실없는 웃음만 짓는다. 알 수 없는 마음? 결혼 생활 36년 동안 언제나 알 수 없는 마음이었지. 막내딸 시집갈 때까지만 버티자고 이를 악문 지가 몇십 번인가? 딸이 놀라며 엄마를 한심하다고 생각할 만하다. 오십대 중반부터 작심한 듯 막내딸 시집가는 날 졸혼하겠다고 남편을 욕하며 투덜댔으니까. 큰딸과 아들이 나를 의아하게 보면서 "그동안 잘 살았으면서, 우리에겐 다정한 아빠인데 무슨 불만이 그리 많아?"라고 타박할 때마다 "너희들은 모른다"고 자식들 의견을 묵살하며 예순을 넘겼다.

사과를 찍어 한입 문다. 딸이 또 놀라서 눈을 앵두같이 동그랗게 뜨며 말한다.

"엄마는 사과 안 먹잖아? 아빠가 그렇게 사과 먹고 싶다고 해도 사 오지 않았잖아? 가끔 아빠가 사 와서 우리와 먹곤 했는데……"

"식성이 바뀌어서 요즘 건강 때문에 사과를 먹어."

딸의 말을 능청스럽게 받아친다. 아삭, 사과를 깨물면서 사과즙을 길게 들이마신다.

"졸혼은 없는 일이 됐네. 나도 결혼 십 년째지만 그런대로 할 만한 생활이던데."

"넌 다행히 착하고 다정한 윤 서방을 만났잖아."

"아빠는 어때서?"

따져 묻는 딸이 거북하기만 하다.

"어쨌든 우리 세 남매를 잘 키웠잖아."

"맞다, 맞아. 무난하게 세월을 보냈지."

따져 묻는 딸에게 무덤덤하게 대답하고 잠시 생각하니, 남편도 아버지로서, 가장으로서 무난하게 살아왔던 것 같다. 다만 안방에서의 남편은 막연하게 나를 힘들게 했다. 남편에게서 막연하게 느껴지는 것들이 내 마음을 뒤숭숭하게 했다. 순간 '막연하게 힘든 게' 뭐였지? 하는 의문이 안개처럼 퍼졌다. 하지만 남편을 생각하면 마음 한구석이 서운했고, 견디기 힘들었다. 자식들에게는 투정처럼 들릴 거 같은, 마음속에 봉인되어 있어야 할 감정들이지만 말이다. 다행히 자식들 결혼생활은 편한 듯하다.

"제발, 제발, 퇴직한 아버지와 편하고 재미있게 지내. 우리 마음 쓰지 않게."

오히려 딸이 훈계하듯 나무란다. 무안한 듯 고개 숙이며 "응" 하고 낮은 목소리로 대답했다.

2

갑자기 이마 전두엽 피질에서 옥시토신이 확 퍼졌다. 옥시토신이 온몸에 퍼지고 머릿속이 맑아지며 눈앞의 사물들이 기분 좋게 보였다. 온몸이 나른해지며 마냥 바보처럼 웃고 싶어졌다. 이상했다. 왜 갑자기? 스스로 의아했다. 어쨌든 눈앞에 보이는 사람들이 다정하고 친밀하게 느껴졌다. 그들은 웃으면서 나비처럼 나풀나풀 움직였다.

"여보, 정말 어울려?"

웃음 섞인 아내 목소리가 달콤하게 들렸다.

"사장님 말씀대로 매우 잘 어울려요."

나를 사장님이라 부른 의류 매장 여직원이 웃으며 거들었다. 아내가 웃는 모습을 몇 년 만에 보는지. 가물거리는 기억 속에서 따뜻한 표정의 아내 모습이 뚜렷하게 떠올랐다. 언제 모습이지? 아내가 애인으로 보였다. 옥시토신이 파도처럼 가슴까지 밀려왔다. 가슴이 따뜻해지며 들숨 날숨이 편해졌다. 삼십 분 전만 해도 남남인 듯 아내와 오 미터 정도 거리를 둔 채 백화점을 어슬렁거렸다. 아내는 혼 나간 사람처럼 쇼윈도에 걸린 옷들을 살피고 있었다. 아내와 집을 나설 때 같이 쇼핑하려는 생각은 전혀 없었다. 저녁 등산 모임 장소와 백화점 방향이 같았고 아내가 운전하는 차에 동승했을 뿐이었다. 마침 살 게 있다는 아내 말에 백화점까지만 동행할 생각이었다.

백화점에 도착하자 시간 여유가 있었고, 퉁명스럽게 던지는 아내 부탁에 쇼핑을 함께하게 됐다. 찬거리와 세제들을 사야 하고 무거우니 들어달라는 아내 부탁이었다. 백화점에 온 게 언젠지 기억에 가물가물했다. 갑자기 스트레스 호르몬이 확 솟구치며 짜증이 났다. 아내는 백화점에 도착하자마자 여성복으로 장식된 진열대에 요술 걸린 듯 빠져들었다.

"참, 다음 주에 동창회 입고 갈 여름 원피스를 찾아봐야지."

아내 입에서 핑계가 절로 나왔다. 꼬불꼬불 백화점 매장을 신나게 휘젓고 다녔다. 어슬렁어슬렁 따라다니는 나를 잊은 채. 아내에게 말 건네기 귀찮아서 묵묵히 몇 걸음 뒤에서 따라다녔다. 따분하게 이곳저곳 서성거렸다. 한동안 그렇게 걷다 보니 여성복들이 형형색색이란 게 느껴졌다. 무심히 돌린 시선 속에 다양한 색깔과 맵시로 디자인된 여성복들이 화원의 꽃처럼 펼쳐졌다. 화려하게 장식된 옷들이 이름 모를 꽃들로 보였다. 삼십 분가량 그렇게 거닐다 보니 옷에 꽃 이름을 붙여주고 싶었다. 매장마다 특별히 디스플레이 된 옷에 꽃 이름을 붙였다. 장미, 코스모스, 민들레, 들국화. 느끼는 대로 즉시 꽃 이름이 떠올랐다. 이상하게 발걸음이 가벼워졌다. 꽃들이 주는 느낌은 아련하게 어릴 적 기억을 되살렸다. 어릴 적 배고플 때마다 뒷동산에 올라 들꽃 잎들을 따 먹었다. 들꽃으로 배고픔을 달랬다. 들꽃들은 맛있었다. 온갖 들꽃은 나를 포근하게 감쌌다. 바람결 따라 들꽃들이 다정하게 다가왔었다. 들꽃 향기 맡으며 세로토닌이 온몸에 쌓였다. 몸과 마음이 가벼워졌다. 그때 세로토닌으로 몸과 마음이 편해지는 것을 처음 느꼈다. 꽃들의 이름을 떠올리니 콧노래가 절로 나왔다. 아내가 나를 돌아보며 잠시 기다리라는 눈짓을 했다. 아내는 모니카라는 매장으로 들어갔다. 아내 눈짓에 정신을 차리다가 스스로 화들짝 놀랐다. 무슨 짓이지? 에스트로겐이 많아졌나? 언제부터 이렇게 됐지? 삼십대 중반의 키 큰 매장 여직원이 함박웃음을 지으며 옷들을 보고 있는 아내 뒤를 졸졸 따라다녔다. 우두커니 매장 밖에 서 있다가 매장 앞에 디스플레이 된 벚꽃 같은 옷에 눈이 갔다. 여름이지만 봄날 분위기의 핑크색 원피스였다. 언젠가 본 듯했고 자꾸 눈이 갔다. 왜 이렇지? 내가? 누가 보지도 않는데 부끄러워 고개를 숙였다. 육십을 넘기면서 에스트로겐 과다분비가 시작되나? 마음이 연분홍 벚꽃처럼 변했다. 불쑥 언짢은 생각이 들며 어깨와 허벅지에 괜히 힘을 줬다. 그래도 옷 쪽으로 시선이 갔다. 옷들을 둘러보던 아내가 벚꽃 같은 옷 앞에서 멈추고 찬찬히 옷을 살펴봤다.

"그 옷이 당신에게 어울려."

나도 모르게 웃으며 말이 튀어나왔다.

"어머, 그래요?"

순간 아내가 나를 쳐다보고 환히 웃으며 말했다. 동시에 여직원이 깔깔 웃으며 끼어들었다.

"사장님 말씀이 맞아요. 사모님에게 매우 잘 어울리는 옷이에요. 한번 입어보세요."

흐릿한 기억 속에 화사한 봄날이 뚜렷하게 떠올랐다. 언젠가 봤던 즐거운 모습이었다. 웃음이 잠시 매장 주위를 맴돌았다. 세 사람의 웃음이 몇십 초간 편하게 흘렀다. 스스로 놀랄 정도로 눈썹이 웃음으로 부드럽게 펴졌다. 경직된 눈가 주름이 웃음으로 변하는 것을 느꼈다. 돌발상황이었으며 뜻밖의 행동이었다. 뚜렷하게 젊은 시절 기억이 머릿속에 되돌아왔다. 결혼 전 아내와의 봄날 데이트가 기억에 떠올랐다. 맞아, 그때 아내는 벚꽃 같은 옷을 입고 있었어.

"한번 입어봐. 어울려."

말이 나오자마자 웃고 있는 아내 얼굴이 다가왔으며 옥시토신이 이마 전두엽 피질에서 확 퍼졌다. 십여 년 만에 기적처럼 옥시토신이 생성됐다. 아내의 웃음이 벚꽃처럼 피어났다. 여직원은 계속 함박웃음이었다. 아내는 피팅룸에서 옷을 갈아입고 나왔다. 거울을 유심히 보며 아내는 싱글벙글 웃었다.

"어머, 그 옷은 사모님을 위한 옷이네요."

"그래요?"

아내의 얼굴에 함박웃음이 퍼졌다. 아내는 옷이 마음에 드는 표정이었다. 나도 모르게 지갑에서 카드를 꺼내 여직원에게 내밀었다. 젊은 날 언젠가 했던 행동이었다. 그때는 계획적이었다. 프러포즈를 했던 어느 봄날이었다. 젊은 시절 내 몸에는 백여 종의 호르몬이 꽉 차 있었다. 성장호르몬, 도파민, 아드레날린, 코르티솔, 세로토닌 등등…… 온갖 호르몬들로 몸은 하루하루 여러 장르의 드라마를 만들었다. 그중 테스토스테론으로 만들어지는 일상은 나를 헐크로 변신시켰다. 몸은 매일 뜨겁게 달아올랐고, 시뻘겋게 변한 눈초리로 사방을 둘러보며 테스토스테론을 발산할 여자를 찾았다. 그때 아내를 어느 미팅에서 만났다. 아내가 풍기는 페로몬은 나를 질식시켰다. 겨울이었건만 몸은 여름처럼 뜨거웠다. 왜 아내였는지 모른다. 아내를 볼 때마다 옥시토신이 한없이 분비됐다. 일 년여 데이트하면서 공무원 연수를 마치자마자 프러포즈를 결심했다. 아내 얼굴에도 연분홍빛 웃음이 멈추지 않았다. 박봉이었지만 멋진 선물로 프러포즈를 하고 싶었다. 우연찮게 백화점에서 벚꽃 같은 원피스를 봤다. 아내에게 어울릴 것 같았다. 함께 백화점 쇼핑을 가자며 데이트를 신청했다. 다행히 벚꽃 같은 분홍 원피스는 팔리지 않았다. 싫다는 아내 손을 끌고 가서 옷을 입혀봤다. 그 옷은 아내의 옷이었다. 멋있고 어울린다며 나와 여직원이 부추겼다. 수줍은 듯 원피스로 갈아입고 나온 아내는 봄날의 아름다운 아가씨 같았다. 스스럼없이 카드를 내밀었다. 프러포즈를 위해 신용카드를 처음 발급받았다. 함박웃음을 짓는 아내를 보며 옥시토신이 일생 최고치로 생성됐다. 온몸이 옥시토신으로 가득 차서 승리의 기쁨으로 창공을 활개 치고 다니는 독수리가 된 것 같았다. 그날만은 어떤 호르몬보다도 옥시토신이 가장 많이 느껴졌다.

"이 옷을 입은 당신과 함께 신혼여행을 떠나고 싶어."

주변을 아랑곳하지 않고 아내에게 프러포즈를 했다. 여직원도 깜짝 놀란 모습이었다. 아내는 분홍빛 웃음을 지으며 수줍은 듯 고개를 숙이고 있었다. 아내도 옥시토신으로 가득 찬 것 같았다. 36년 전에 본 아내의 환한 웃음이었다. 그날이 또 다시 옥시토신으로 가득 찬 채 2020년 어느 여름에 재생됐다.

3

남편이 다시 보이기 시작했다. 내 기억 속에 뭉개진 채 이십여 년을 보냈던 남편이 새록새록 다시 보였다. 요즘 문득문득 남편 쪽으로 시선이 갔다.

'늙었군.'

언뜻 본 남편 흰머리가 가슴을 찡하게 울렸다. 눈가 주름이 왠지 쓸쓸해 보였다.

'몇십 년간 밥벌이한다고 고생했군.'

동창회 모임에서 돌아오며 사과와 돼지족발을 샀다. 남편을 보자 언제부터 패션 감각이 나와 같았나 싶었다. 오랜만에 참석한 동창회는 낯설었지만 몇 년 만에 만난 친구의 말은 따뜻했다.

"어머, 너무 어울리는 옷을 입었구나. 너무 멋져. 아직 젊어 보이는구나. 남편이 잘해주는 모양이지?"

친구들은 옷이 잘 어울린다며 의외로 옷맵시에 칭찬을 아끼지 않았다. 젊어 보인다는 말이 기분 좋게 들렸다. 어색했던 분위기는 곧 수다스럽게 변했다. 모처럼 기분 좋은 외출이 됐다. 귀가하니 남편은 소파에 파묻혀 텔레비전에서 바둑 프로를 보고 있었다. 거실에 왠지 쓸쓸한 공기가 떠돌았다. 앉아 있는 남편이 궁상맞게 보였다. 나를 보자 후다닥 일어나 잠자리가 있는 건넛방으로 들어갔다. 마치 죄지은 사람처럼. 평소답지 않게 왜 그러지? 급히 돼지족발을 식탁에 차리고 사과를 깎은 뒤 나와서 먹으라고 경쾌하게 소리 질렀다. 빠끔히 문을 열고 나오는 남편이 꾀죄죄했다. 그래도 젊은 시절에는 남부럽지 않은 체격이었는데. 친구에게 옷 칭찬받았다는 말만 던지고 안방으로 들어갔다. 안방과 건넛방이 언제부터인가 멀어 보였다. 각방 쓴 것은 이 년 정도 됐다. 동창회 모임 이후 안방과 건넛방이 조금씩 가까워졌다. 외출할 때 간혹 남편에게 옷맵시나 액세서리 혹은 가방에 대해 자문을 구했다. 전 같지 않은 행동에 스스로 놀라기도 했지만, 간단하게 "이 옷 어때?" 하고 물어보면 남편 역시 "안 어울려", "어울려"라고 단답식으로 대답을 했다. 남편은 무덤덤하지만 싫지 않은 듯 말했다. 남편이 코디해준 옷들은 의외로 주변 사람들에게서 칭찬받았다. 차츰 물어보는 횟수가 늘었고, 말도 많아졌다. 젊은 시절 기억이 되살아났다. 함께 가구나 옷을 사러 가면 취향이 비슷했다. 아이들 옷을 고를 때는 거의 취향이 일치했다. 왜 취향을 잊어버렸을까? 잊혀져가는 것에 대해 불만이 쌓였던 걸까? 함께 살아온 안방은 언제부터 싸늘해졌지? 안방이 싸늘해진 것은 남편 때문이라고 생각했다. 사십대를 넘기자 안방이 싸늘해지는 것을 느꼈다. 남편의 목소리도 잊혔고 얼굴조차 뭉개져서 보기 싫었다. 가사에 대한 말만 단답식으로 주고받았다. 안방에서 남편은 허수아비처럼 기거했다. 남편에게서는 퀴퀴한 냄새만 났다. 남편 코 고는 소리 때문에 불면증이 생겼다. 숨이 막혀 안방에서 함께 지낼 수 없었다. 그러다가 사십대 말에 갱년기로 접어들었다. 그동안 아이들을 키우며 쌓인 불만이 활화산처럼 터졌다. 안방에서 내 목소리가 신경질적으로 커져갔다. 온몸이 갱년기 증상으로 아프고 힘들었다. 남편 때문에 갱년기가 빨리 왔다는 생각이 들었다. '한마디만 더 해주지', '따뜻하게 웃어주지.' 마음속에 갱년기 아픔에 대한 핑계가 쌓였다. 남편의 말수는 점점 줄어들었고 얼굴은 빽빽해졌다. 눈길이 나를 피하는 경우가 많아졌다. 그때부터 졸혼을 생각했다. 다행히 아이들은 안방의 비밀을 알지 못한 채 잘 자랐다. 큰딸애가 가끔 왜 아빠에게 신경질 내며 쏘아붙이냐고 타박했다.

아들이 결혼한 후였다. 우연찮게 남편 핸드폰에서 산악회 단체 카톡을 보게 됐다. 산악회 사진 속에서 남편은 언제나 환하게 웃고 있었다. 안방에서 잃어버린 남편의 웃음이 사진 속에 있었다. 젊을 때 봤던 웃음이었다. 가슴에서 화가 솟구쳤다. 당장 남편에게 고함을 질렀다. 당신 코 고는 소리 때문에 잠을 잘 수 없다고. 냄새가 퀴퀴하게 나서 짜증이 난다고. 아들이 기거하던 건넛방으로 남편을 쫓아냈다. 막내딸이 의아하게 우리를 바라봤다. 남편은 막내딸에게 사이버대학 수업 때문이라는 엉뚱한 변명을 하고 건넛방으로 갔다. 각방 생활의 시작이었다. 동창회 모임 후 족발을 사온 날 내가 안방으로 들어오자 문밖에서 냉장고 여는 소리가 났다. 막걸리를 꺼내는 모양이었다. 신혼 때 남편은 자주 퇴근길에 돼지족발과 막걸리를 사왔다. 함께 저녁 식사로 먹으면서 웃음이 끊이지 않았다. 언제부터 돼지족발을 함께 먹지 않았지? 기억이 희미하다. 남편은 내 머릿속에서 그냥 동거인으로 남아 있었다. 남편이 다시 건넛방으로 들어간 후 식탁으로 나왔다. 식탁 위에 먹다 남은 사과가 두 조각 있었다. 중학교 때 사과를 급하게 먹다가 체한 적이 있었다. 그 이후 사과는 먹지 않았다. 남은 사과 한 조각을 씹었다. 새콤달콤한 맛이 입안에 감돌았다.

'남편이 사과를 좋아하지! 가끔 사다줘야겠네.'

남편의 환한 얼굴이 어렴풋이 기억에서 떠올랐다. 남편을 다시 배우기 시작했다.

4

살면서 한 가지 바람은 있었다. 아내의 웃음만은 잃고 싶지 않았다. 벚꽃 같은 웃음을 매일 보고 싶었다. 아내의 웃음을 보면 옥시토신이 솟구치며 하루의 피로가 확 풀렸다. 나에게만 보이는 벚꽃 같은 웃음이었다. 그런데 언제부터인지 아내는 웃음을 잃었다. 아이들에게는 편하게 웃었지만 나에게 보인 벚꽃 같은 웃음은 다시 볼 수 없었다. 오십대 갱년기 때문인지 세로토닌, 옥시토신이 아내에게서 사라졌다. 아내를 만나기 전까지 나에게는 웃을 일이 없었다. 1970년대의 각박함이 나에게도 예외는 아니었다. 일곱 명 대가족에 부두 노동자인 아버지의 능력으로는 대학 진학이 힘들었다. 고등학교 때부터 할 수 있는 잡일은 다 했다. 어렵게 대학에 들어간 뒤부터는 자력으로 세상을 헤쳐나가야 했다. 세상 모든 일이 나에게는 스트레스와 긴장의 연속이었다. 하루하루 쓰이는 돈들은 최소임금과 같았다. 몸속에서 어떤 호르몬들이 만들어지는지 몰랐다. 자율신경에 맞춰진 생활에 허덕여야 했다. 성장호르몬, 테스토스테론, 코르티솔만 만들어지는 것 같았다. 꽃들을 볼 시간이 전혀 없었다. 코르티솔은 마음속 꽃들을 짓밟았다. 옥시토신이나 세로토닌을 느낄 일은 없었다. 겨우 세무공무원 9급 시험에 합격했을 때 아버지와 처음 축하 술잔을 나눴다. 옆에 앉은 엄마는 내내 울음을 멈추지 않았다. 처음 보는 듯한 엄마의 기쁜 눈물이었다. 나도 기분 좋게 울컥했다. 그때 세로토닌과 옥시토신이 우리 가족에게 분비되는 것을 느꼈다. 우는 엄마 얼굴에 잔주름이 펴지는 것을 봤다. 취기에 벌게진 아버지 얼굴에도 웃음이 담겨 있었다. 잠시의 기쁨이었지만 가족의 소중함을 느끼기에 충분했다. 가정을 빨리 만들고 싶었다. 그 무렵 단체미팅 자리에서 아내를 만났다. 아내의 웃음이 화사한 벚꽃 같았다. 세로토닌이 가득한 벚꽃 같은 웃음이었다. 나에게만 페로몬 냄새를 풍겼다. 아내에게서는 어릴 적 맡았던 들꽃 향기도 났다. 몸속에서 옥시토신과 세로토닌이 만들어지며 하루하루가 즐거웠고 웃음을 잃지 않았다. 아내의 웃음을 보지 못하면 숨이 막힐 것 같았다. 거울을 보며 웃는 얼굴을 지어보는 습관이 생겼다. 아내의 웃음을 닮고 싶었다. 그래서 프러포즈를 했다. 결혼 후 아들을 유아원에 보낼 때 아내 얼굴에 웃음이 가득했다. 비록 15평 오피스텔에서 생활했지만 옥시토신과 세로토닌이 좁은 공간에 가득했다. 막내딸을 출산한 후부터 나에게 웃음을 보이지 않았다. 나도 거울 속에서 웃는 모습을 찾을 수 없었다. 아수라 같은 세상에서 점점 코르티솔만 과량으로 생성됐다. 거북목이 되면서 나도 점점 웃음을 잃어갔다. 우리는 서로 웃음을 잃어가는 것조차 알지 못했다. 안방은 점점 싸늘해지고 칙칙하게 변했다. 삼십대 말에 장만한 25평 아파트의 안방 벽지는 십여 년 동안 누렇게 변해갔다. 아침, 저녁에 잠시 냉랭한 눈길만 주고받았다. 도파민 세포도 줄어들면서 우울증 치료제를 마흔세 살 때부터 복용했다. 하지만 쉽게 우울증을 극복할 수 없었다. 마흔여섯 살에 된 과장이란 직책은 코르티솔만 생성시켰다. 남들 보기에 세무조사 팀장으로 번듯하게 사는 듯했지만 속은 코르티솔 과량분비로 타들어갔다. 오십대 초였다. 우연히 만난 대학 동기의 권유로 금정산 봄 산행을 하게 됐다. 금정산의 봄은 들꽃들로 가득했다. 초행이었지만 들꽃들로 가득 찬 산길을 모처럼 즐겁게 걸었다. 잊었던 어릴 적 기억이 나며 콧노래가 절로 났다. 스트레스 호르몬으로 굳어 있는 몸과 마음이 모처럼 가벼워졌다. 산행 후 뒤풀이 자리에서 맥주 한잔은 마음속 코르티솔을 녹여버렸다. 뒤풀이 담소에 빠져 나도 모르게 모처럼 웃었다. 손으로 웃는 얼굴을 만졌다. 편하게 웃는 것이 몇 년 만인지? 웃음이 만져졌다. 하지만 거울 속에 비친 내 모습이 어색했다.

'그래도 세로토닌이 분비되는구나. 다시 웃음을 찾았구나.'

그때 아내의 웃음이 생각나지 않았다. 어떻게 웃었지?

'아내가 웃음을 잃었구나.'

섬뜩한 기분이 들었다. 불안해졌다. 도저히 기억 속에서 아내의 웃음을 찾을 수 없었다. 아내의 잔소리만 머릿속에서 왕왕거리며 나를 괴롭혔다. 잠시 웃을 수 있었을 뿐 곧 얼굴이 뻣뻣하게 변했다. 코르티솔이 다시 몸 구석구석에 스며들며 근육들을 경직시켰다. 여전히 고혈압, 근육통, 관절염, 소화

불량 등등 복용하는 약만 나날이 늘어갔다. 오십대 초 40여 평 아파트로 이사 갈 때 혈당치가 140을 넘겼다. 어떻게 아내에게서 웃음을 찾을 수 있을까? 고민이 코르티솔을 더욱 많이 생성시키며 스트레스 수치만 높아갔다. 말수가 적어졌다. 목소리가 가라앉았고, 입가 주름이 턱 아래로 굵어졌다. 어느덧 육십을 바라보며 퇴직이 임박했다. 코르티솔이 몸속에서 넘쳐났다. 안방에서 아내와 함께하는 잠자리가 무서웠다. 아내의 목소리만 날카롭게 커져갔다. 아내의 웃음을 찾을 수 없다는 절망감을 느낄 때 아내가 안방에서 나를 내쫓았다.

5

남편이 그리워진다. 무슨 지랄 같은 감정이지? 40여 평 아파트가 허전하고 어둡기만 하다. 방마다 환하게 불을 켰지만 넓게만 보이고 조용하다. 텔레비전 볼륨을 높였다. 트로트가 신나게 들린다. 잠시뿐이다. 귀가 건넛방으로 기운다. 부스럭거리는 소리가 들리지 않는다. 부스럭 소리가 그립다. 냉장고를 열어서 꽉 닫는다. 소리만 클 뿐이다. 남편이 건넛방에서 나와 나를 힐끗힐끗 쳐다보며 냉장고 문을 열던 기억이 선명하다. 그때는 문 여는 소리가 왜 그렇게 짜증이 났는지.

"뭘 찾아요?"

뻔히 알지만 나도 모르게 고함을 질렀더랬다. 언뜻 놀라는 남편 모습에 속이 시원했었다. 텔레비전 볼륨을 높여 흘러나오는 트로트를 크게 따라 부르지만 목만 컬컬하다. 건넛방에 들어가서 옷장을 열어본다. 구질구질한 남편 옷들이 걸려 있다. 아직 여름옷들이다.

'무심했나?'

서랍을 여니 구멍 난 팬티와 러닝셔츠가 몇 장 보인다. 요즘 남편은 속옷을 직접 세탁기에 넣고 빨았다. 일 년 전 속옷에서 냄새가 난다고 타박했더니 그 후로는 직접 세탁했다. 인조견 팬티를 좋아했는데…… 신혼 때 사다 준 인조견 팬티를 입고 좋아하던 남편 모습이 떠올랐다. 심심하다. 거실 소파에 앉아 열심히 텔레비전을 보건만 심심하다. 밤이 외롭고 길게 느껴진다. 잠자리에서 멀뚱멀뚱 눈을 뜨고 천장만 바라본다. 잠을 빼앗겼다. 외로움 때문에.

남편은 선배 세무회계 사무실에 재취업이 되었다. 11월부터 근무하기 전에 한 달간 남편은 버킷리스트라고, 뜻 맞는 친구들끼리 유럽 여행을 떠났다. 남편이 유럽 여행 간다는 소리에 속으로 반가웠다. 함께 가겠느냐는 조심스런 물음에 냉정하게 거절했다. 온갖 즐거운 계획들이 머릿속에서 펼쳐졌다. 남편이 여행을 떠난 후 첫 일주일은 신났다. 그동안 만나지 못했던 친구들을 만나 수다를 떨었다. 노래방에서 신나게 노래도 불러보고, 요즘 젊은이들이 잘 간다는 카페에서 오후의 커피도 마셔보고, 영화관에도 연일 다니고. 두 주째는 이틀씩 딸과 아들네 집에 머물며 손자, 손녀, 외손자들과 지냈다. 딸과 아들이 왜 함께 여행 가지 않았냐고, 혼자 있으니 좋냐고 걱정스레 물었지만 아주 홀가분하다고 기분 좋게 대답했다. 하지만 아들은 걱정스레 나를 바라봤다. 그런데 셋째 주부터 기분이 어수선하기 시작했다. 심심해졌다. 친한 친구들이나 딸들에게 전화로 수다를 떨고 싶었지만 다들 바쁘다고 더 이상 나를 상대하지 않았다. 막내딸이 타박을 줬다.

"우리는 엄마 아빠가 함께 여행 가길 원했는데……"

아들도 엄마가 잘못한 거라며 가세했다. 혼자 쇼핑도 했지만 이번에는 나에게 어울리는 옷들을 고를 수 없었다. 어리둥절한 심정이었다. 남편 한마디가 그렇게 취향에 맞았나? 셋째 주부터 밤이 오는 게 무서웠다. 40여 평 아파트가 썰렁하고 넓기만 했다. 잔소리가 하고 싶어졌다. 입이 근질근질했다. 목이 잠겼다. 결혼 후 집에서 홀로 지내는 것은 36년 만에 처음이었다. 늘 북적이는 가족들과 부대끼며 살았다. 그간 외로움이나 쓸쓸함을 느낄 틈이 없었다. 갑자기 외로움이 스트레스가 됐다. 어떻게 외로움을 이겨내지? 셋째 주 금요일 밤에 문득 외로움에 대한 공포가 찾아왔다. 외로움에 대한 스트레스가 점점 커져갔다. 밤에 들리는 시계 소리가 고문처럼 귓속으로 파고들었다. 창밖 어둠은 너울처럼 덮치면서 온몸을 조이고 잠을 빼앗아갔다. 밤이 괴물같이 나를 괴롭혔다. 잠자리만 어수선했다. 새벽까지 뜬눈으로 지새우다 겨우 몇십 분 선잠을 잤다. 외로움이 형벌처럼 무서웠나?

넷째 주 월요일에 김해 선산으로 아버지, 어머니를 찾아갔다. 팔 년 만의 성묘였다. 친정 식구들이 거의 없어서 혼자 두 분 묘지를 찾기는 힘들었다. 10월 초 가을 날씨는 눈부시게 맑았다. 하지만 혼자 타고 가는 시외버스 안은 쓸쓸하기만 했다. 두 분 묘가 다정하게 나란히 있다. 두 분도 생전에 티격태격했지만 지금은 나란히 함께 누워 있다. 외롭지 않아 보인다.

'두 분은 하늘에서도 외롭지 않겠네. 손잡고 거닐고 있겠지? 나는 혼자 걸어야 하나?'

외로움이 스트레스가 되어 온몸을 죄었다. 갑자기 남편이 그리웠다. 어처구니없게도. 젊은 시절 남편 얼굴이 가을 하늘에 떠올랐다. 가끔 다정하게 손잡고 황령산도 올라갔었는데…… 유럽 어느 곳에서 남편은 신나게 웃고 있을까? 웃지 말라고 잔소리를 하고 싶었다. 집에 돌아오는 길에 시장에 들러 남편이 좋아하는 열무김치를 담기 위해 열무와 파 등을 샀다. 그날 밤 이탈리아 피렌체에서 남편이 전화를 했다. 울컥 목이 메였다. 하지만 힘껏 이를 다물고 태연한 척했다. 신나게 놀다 오라고, 집안은 다 평온하다고 큰 소리로 말했다. 남편이 뭔가 말하려는 듯 더듬거리다 싱겁게 "응" 하고 단답으로 통화를 마쳤다. 밤이 편하게 찾아온다. 귀찮았던 남편의 목소리가 젊은 시절처럼 달콤하게 들린다. 함께 외롭지 않게 하늘을 거닐 남편이 있네.

6

아내가 불쌍하게 여겨진다. 그리고 그립다. 왜 지금 이런 생각이 들까? 육십 평생 으레 그렇구나 하고 생각했던 것이 사라졌다. 친구가 유럽 여행을 권했을 때 망설여졌다. 여행을 좋아하는 편이 아니고 집돌이임을 아는 터였다. 하지만 유럽 여행은 경이로웠다. 새로운 풍물과 문화는 일생에 접하지 못했던 놀라운 경험이었다. 파리 베르사유 궁전, 런던 웨스트민스터 사원, 로마 콜로세움, 바티칸 궁전, 프라하, 빈 등 유럽 문화의 경이로움은 하루하루 나를 감동시킨다. 감동으로 다이돌핀이 솟구친다. 욱신거리던 오십견도 없어지고 마음이 넓어진다. 마음에 여유가 생긴다. 다이돌핀이 솟구치며 아내가 떠오른다.

'함께 여행 왔으면 좋았을걸. 아내에게 여유가 없었구나. 그래서 웃음을 잃었어.'

매일 다이돌핀으로 가뿐해진 몸과 마음은 그동안 느끼지 못했던 여유와 행복으로 채워진다. 아내에게도 여유와 행복을 느끼게 하고 싶다. 그리워진다, 아내가. 잃어버린 아내의 웃음을 찾을 수 있을 것 같다. 함께 여행 가자고 했지만 혼자

가라는 냉정하고 신경질적인 반응에 그냥 내 방으로 들어오고 말았다. 혼자 잘 지낼지 걱정도 된다. 근데 왜 우리는 여유가 없었을까? 몸과 마음이 코르티솔로 경직됐다. 신혼 때 풍부하게 생성되던 옥시토신이나 세로토닌이 가정을 가지며 책임과 긴장이 어깨를 누르자 점점 사라졌다. 사는 것은 우여곡절로 이뤄지는 것, 코르티솔이 과잉으로 분비되며 갑상선암까지 생겼다. 나이가 들수록 점점 도파민 세포가 줄어들며 살아가는 것이 우울해졌다. 내가 나를 몰랐다. 그러니 아내를 챙길 여유가 없었다. 아내가 어떻게 지내는지 몰랐다. 아내가 갱년기라는 것을 몰랐다. 여성호르몬이 줄어들며 남성호르몬이 많이 생성되는 것도 몰랐다. 고함을 지르고 웃음을 잃은 아내가 무섭고 귀찮기만 했다. 건넛방이 집 안에서 유일한 피난처였다. 여행하며 우연찮게 보게 되는 쇼윈도 옷들이 아내에게 어울릴까, 하는 생각이 나도 모르게 들었다. 아내가 가슴으로 느껴졌다. 여행 4주차에 아내에게 전화를 걸었다. 아내의 목소리가 여전히 뚱하며 거칠다. 하지만 마음이 상하지는 않았다.

'아내에게 여유가 없어. 다이돌핀이 생길 여유가……'

아내의 웃음을 다시 만나고 싶다.

마지막 여행지인 피렌체에서 아내에게 어울릴 것 같은 가을용 원피스를 샀다. 사면서 망설여지거나 하지도 않았고 아내의 잔소리도 생각나지 않았다. 즐겁게 단번에 샀다. 아내가 기뻐서 웃는 모습이 떠올랐다. 동행한 친구가 의아한 듯 쳐다봤다.

"나 참, 살다보니 별일 다 보겠네. 자네가 아내 옷을 허락도 받지 않고 사?"

놀라는 친구에게 웃음을 지어 보였다. 가슴에 퍼지는 옥시토신과 다이돌핀을 느꼈다. 편안한 여유가 웃음으로 번졌다. 친구는 더욱 놀라는 표정을 보였다. 그날 밤 숙면하며 몸 구석구석에 배어 있던 프리라디칼이 조금씩 멜라토닌에 용해됐다. 가슴에 응어리진 고통이 사라졌다. 살면서 우여곡절로 인해 생긴 고통이었다. 아침에 일어나자 세로토닌으로 충만된 마음이 아내에게 미안함을 느꼈다. 가정을 이끄는 책임감을 아내와 나누지 못했다. 그간 아내가 보이지 않았다. 아내에게 선물할 원피스를 살 때 아내 웃음이 보였다. 쉽게 볼 수 있었던 아내 웃음을 어렵게 잃어버렸다. 원피스를 입고 웃으면서 살랑살랑 나비처럼 나풀거릴 아내가 보였다. 너무 잘 어울린다고 함박웃음을 지을 아내. 세로토닌이 온몸에 가득 찰 거다. 내 손을 잡을 것이고, 에스트로겐으로 뽀얘진 얼굴로 웃으며 나를 쳐다볼 것이다. 함께 옥시토신을 느낄 몸이 생각난다. 한 달간의 유럽 여행은 새롭게 느껴지는 여유였다. 다음에 가족 여행을 어디로 갈까? 세로토닌으로 부풀어 오른 상상이 돌아오는 여행길을 즐겁게 했다. 칠순 때는 온 가족이 여행을 떠나야겠구나. 다짐하는 마음에 멜라토닌이 채워졌다.

7

깜짝 놀랐잖아. 남편이 집에 돌아오자마자 여행 가방에서 선물 보따리를 꺼내주는 거야. 가을 원피스인데…… 내 취향인 거야. 속으로 놀라고 기뻤지만 마음에 없는 잔소리를 털어놨지. 쓸데없는 짓을 했다고. 근데 남편이 마냥 빙그레 웃고 있는 거야. 평소와 다르게 여유 있는 얼굴이야. 젊은 시절 자주 봤던 웃음이야. 다음 날 바로 남편이 사온 가을 원피스를 입고 노래교실에 갔었지. 모두 놀라더군. 너무 잘 어울리고 젊게 보인대. 참, 별일이야. 남편이 옛날 연애 시절로 돌아갔나? 남편이 다시 보이기 시작하더군. 어쨌든 심심하지 않고 외롭지 않아서 좋았어. 그렇게 티격태격하면서 늙어가는 거야. 그게 인생 아니겠어?

8

집에 돌아오니 식탁에 만찬이 차려져 있더군. 돼지족발이랑 열무김치, 막걸리, 시래기찌개, 그리고 디저트로 사과까지. 온몸에 퍼지는 세로토닌을 느꼈어. 쉽게 퍼지는 세로토닌이나 옥시토신이 살면서 왜 몸속에서 사라졌을까? 아내의 손길이 따스하게 식탁에 펼쳐져 있더군. 신혼 때 헐떡거리며 집으로 돌아오면 차려져 있던 바로 그 식탁이야. 피렌체에서 산 가을 원피스를 아내에게 줬더니 깜짝 놀라더군. 일부러 숨기려 했지만 기쁜 웃음이 눈가와 입가에 퍼지더군. 세로토닌과 다이돌핀이 만든 아내의 얼굴은 신혼 때의 예쁜 표정 그대로였어. 세로토닌이 함박웃음을 만드는구나. 그간 왜 잊고 살았지? 왜 아내 웃음을 잃어버렸다고 우울해했을까? 이렇게 간단한 일을. 함께 돼지족발과 막걸리를 먹자고 하니 아내는 수줍은 듯 살포시 식탁에 앉더군. 함께 웃으며 막걸리와 돼지족발을 신혼 때처럼 즐겼지. 집안이 세로토닌과 옥시토신으로 가득 차며 훈훈해지더군.

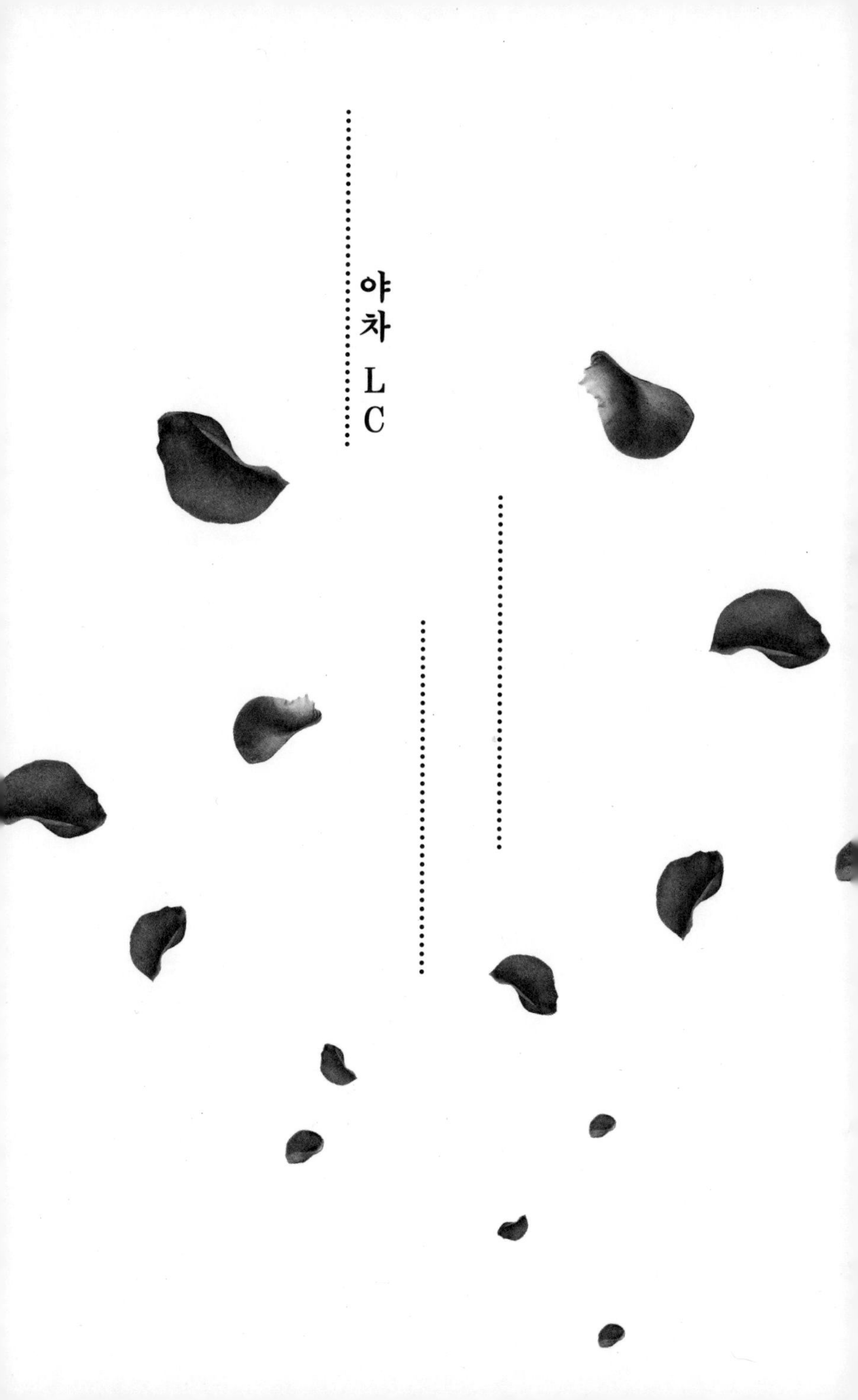
야차 LC

하얀 밀실에 온 후 이 년째 겨울 새벽이 어수선하다. 그녀의 그림자가 나를 완전히 덮쳤다. 마지막 독침을 쏘려고 그녀가 내 앞에 버티고 있다. 더 이상 그녀의 추적을 피하고 싶지 않다. 가혹하고 끔찍한 도피였다. 온몸이 만신창이가 됐다. 그녀에게 마지막 독침을 맞고 저승사자를 만나고 싶다. 이 년간 고통스런 도주였다. 공포스럽기만 했던 그녀가 다정하게 보인다. 그녀는 여전히 요사스럽게 웃고 있다. 치가 떨릴 정도로 웃는 모습이 예쁘다. 언제 그녀를 처음 만났는지 기억조차 없다. 해가 뜨기 전에 그녀의 손아귀에 붙잡히고 싶다. 그녀도 나의 심장을 꿰뚫어 보고 있다. 걱정하지 말라고, 편하게 저승사자를 만날 수 있도록 애쓰겠다며 웃어 보인다. 그녀의 그림자에서 벗어나려는 도주는 극도로 고통스러웠다. K조차 속수무책이다. 그동안 당당하던 K가 덜덜 떨면서 그녀를 바라만 보고 있다. 험악한 야차들보다 미치도록 사랑했던 그녀에게 마지막 독침을 맞는 것이 다행이다. 그녀가 힐끔 동녘을 바라본다. 동녘이 황홀하게 여명으로 번진다. 가물거리는 눈 속으로 스며든 여명이 아름답다. 그동안 여명을 느끼지 못했다. 아름다운 세상이었구나. 드디어 그녀가 마지막 독침을 쏜다.

이 년 전 봄, 벚꽃 휘날리는 봄밤은 황홀하게 시작됐다. 분홍색으로 물드는 저녁에 축제의 팡파르가 퍼졌다. 세상이 봄 축제로 꿈틀거렸다. 거리마다 사람들의 두근거리는 소리가 벚꽃잎 따라 커져갔다. 남쪽에서 온 바람은 2020년 봄을 새롭게 만들어갔다. 어떻게 2020년 봄이 만들어질까? 설렜다. 그러나 그해 봄밤은 나에게 참혹하고 암담했다. 배신의 밤이었다. 그녀가 드디어 정체를 드러냈다. 친구나 가족들이 그녀가 위험하다고 여러 번 언질을 줬다. 주위의 충고는 귀에 들어오지 않았다. 난 그녀에게 점점 빠져들었다. 그녀가 독침을 내밀 때까지 나는 그녀를 미친 듯이 사랑했다. 나 역시 낮부터 새봄의 향연에 들떴다. 그녀와 깊게 애무하며 봄밤을 분홍색으로 물들이고 싶었다. 다른 날보다 좀 일찍 카페에 왔다. 그날따라 카페는 분홍빛 조명으로 황홀하게 빛났다. 내 아파트보다 더 많이 머물러 이젠 편하고 친숙해진 카페가 처음인 듯 새롭게 보였다. 카페는 개나리, 유채, 벚꽃 등 봄 색깔로 장식돼 있었다. 카페에 들어서자 가슴이 봄 향기에 더욱 부풀었다. 그녀가 스탠드에 요염하게 앉아 있었다. 왜 일찍 왔냐고, 봄날에 흥분했냐며 요염하게 웃었다. 그녀는 요사스럽게 웃으며 나를 째려봤다. 그녀의 눈가 웃음이 그날따라 매우 화사했다. 간혹 음산하게 눈꼬리가 치켜 올라가곤 했다. 하지만 난 어느 때보다 흥분됐다. 나는 그녀의 음산한 눈꼬리를 더욱 뜨겁게 바라봤다. 그녀는 분홍빛 미니스커트를 입고 있었다. 그녀의 분홍빛 미니스커트가 벚꽃들보다 더 화려하게 분위기를 장식했다. 그녀가 나를 황금색 왕실 소파로 이끌었다. 언제나 앉았던 소파였지만 그날은 더 눈부셔 보였다. 봄 냄새 때문인지, 그녀의 요염한 웃음 때문인지 온몸이 뜨겁게 부풀었다. 나를 이끄는 그녀의 손도 평소보다 뜨거웠다. 그녀는 나를 소파에 앉힌 후 주방으로 들어가 미리 준비한 얼음과 과일 안주 그리고 보관함에 있는 발렌타인 30년산을 가져왔다. 그녀는 크리스털 잔에 얼음을 넣고 발렌타인 30년산을 우아하게 부었다. 술병을 잡은 그녀의 손이 춤추듯 움직였다. 두 개의 크리스털 잔 안에서 황금빛 술이 얼음과 함께 찰랑거렸다. 황금빛 술 냄새가 콧속으로 스며들며 나를 흥분시켰다. 어느 때보다도 열정을 가득 품은 술 냄새였다. 찰랑거리는 술잔 따라 그녀도 리듬을 탔다. 눈가의 웃음이 술잔 따라 찰랑거렸다. 나는 넋을 잃은 채 그녀를 바라봤다. 술잔을 든 내 손이 흥분으로 덜덜 떨렸다. 카페 안에 웸의 「캐어리스 위스퍼(Careless Whisper)」가 은밀하게 퍼졌다. 서로 술잔을 부딪쳤다. 그리고 그녀는 웃음을 머금으며 여왕처럼 우아하게 천천히 술을 마셨다. 나는 숨 가쁘게 술을 들이켰다. 목을 타고 내려간 술이 온몸을 콕콕 찔렀다. 하지만 그녀의 웃음 때문에 아픔을 쉽게 잊었다. 두 잔째 마신 후 온몸이 나른해졌다. 그리고 시야가 가물거렸다. 그녀의 웃음이 부풀었다가 오므라들었다. 그녀의 얼굴이 어른거렸다. 사지가 풀리며 소파에 늘어졌다. 그녀가 요사스럽게 웃으며 나를 서서히 껴안았다. 나를 껴안은 양손에 점점 힘을 주면서 나를 조였다. 조여오는 그녀의 품속에서 숨을 쉴 수 없었다. 그녀의 웃음이 음흉하게 변했다. 헉헉거리며 발버둥 치지만 그녀의 완력에 꼼짝할 수 없었다. 그녀의 완력이 점점 세졌다. 내 몸은 그녀의 품속에서 점점 줄어들었다. 한마디도 할 수 없었다. 그녀는 쪼그라든 내 몸을 소파에 내동댕이쳤다. 나는 힘없이 무너졌다. 그녀의 웃음이 사라지며 싸늘하게 변했다. 그간 한 번도 본 적 없는 표정이었다. 소파에 늘어진 채 마냥 그녀를 멍하게 쳐다봤다. 손가락 하나도 움직일 수 없었다. 그녀의 얼굴에 웃음이 떠올랐다가 사라졌다. 잠시 침묵이 흘렀다. 노래도 끝났다. 그녀의 손을 잡으려 했다. 하지만 나는 연체동물처럼 허우적거릴 뿐 그녀의 손을 잡을 수 없었다. 그녀는 가만히

서 있었다. 왜 그러냐며 묻고 싶었지만 입술만 들썩거렸다. 목 안에서 말소리가 나오지 않았다. 허우적거리며 겨우 그녀의 왼손을 잡았다. 따뜻하던 그녀의 손이 얼음처럼 차갑게 변했다. 온몸이 오싹해졌다. 그녀가 싸늘하게 웃으며 가슴에서 독침을 꺼냈다. 그리고 나를 향해 냉혹하게 선고했다. 자신은 살인 청탁을 받은 야차라고. 독침은 어둠 속에서 별처럼 반짝였다. 청천벽력 같은 그녀의 변신이었다. 그간 함께한 세월의 잔정이 남아 있어 이 년간 도주 기회를 주겠지만 내 독침은 피할 수 없을 거라고, 그건 인생의 인과응보라고 몇 마디 던지고는 더 이상 아무 말도 하지 않았다. 왜 그러냐고 묻고 싶었다. 하지만 혀와 입술 그리고 목이 굳어져 손만 힘없이 허우적거렸다. 숨이 막혀 질식할 것 같았다. 그녀의 변신은 냉혹하고 무서웠다. 순식간에 검은 슈트로 옷을 바꿔 입고 카페 불을 끈 후 한 번도 뒤돌아보지 않고 몇 년을 거주했던 카페를 떠났다. 카페가 냉랭해졌다. 그녀가 떠난 후 넋을 잃고 소파에 누워 있었다. 서서히 배신감이 커져갔다. 배신감으로 생긴 절망의 고통은 악바리처럼 참아도 소용없었다. 밤새 피눈물 흘리며 처절하게 울었다. 마음이 갈기갈기 찢어질 정도로 울어도 나의 봄밤은 처참하고 암담하게 변해갔다. 아무리 골똘히 생각해도 그녀의 배신은 청천벽력이었다. 냉혹해진 그녀의 목소리만 머릿속에서 밤새 왱왱거렸다. 아침이 와도 배신감에 온몸이 굳어져 도저히 일어날 수 없었다. 목이 컬컬해 겨우 물만 마셨다. 벚꽃잎이 창밖에 휘날려도 봄 냄새를 맡을 수 없었다. 핸드폰이 계속 울렸고 바깥에서 일상의 소음이 하루 종일 들렸다. 하루를 그냥 소파에 누워 있었다. 그녀가 떠난 후 카페는 암굴로 변했다. 카페의 화려한 조명은 다시 켜지지 않았고 끝을 알 수 없는 어둠만 가득 찼다. 어둠에 묻혀 다시는 일어날 수 없을 거 같았다. 공포는 서서히 어둠 속에서 커져갔다. 배신감 뒤에 남은 의문은 절망만 만들었다. 왜 그녀가 나를 배신했지? 절망의 답은 영원히 수수께끼가 됐다. 45번째 봄날은 처참하게 끝났다.

이 년 전 초여름 암울하게 탈진된 날이 시작됐고, 눈을 뜨나 감으나 온통 흰색 공포뿐이었다. 십여 평 흰색 독방에 치료와 보호라는 명목으로 감금됐다. 정사각형의 십여 평 흰색 독방. 바닥에서 천장까지는 4미터 거리. 흰색 출입문이 있고, 출입문에서 4분의 1 거리에 흰색 철장이 설치돼 있다. 독방의 4분의 3은 흰색 침대와 이불이 차지하고 있다. 구석에 비데가 설치된 흰색 변기와 세면대가 놓여 있다. 창문은 천장 가까이 사면 벽 따라 한 개씩 만들어졌다. 천장에는 밖에서 조절할 수 있는 환풍기와 온냉방 겸용 에어컨이 설치돼 있다. 흰색 형광등 두 개가 에어컨 옆에 걸려 있다. 온통 흰색이다. 흰 출입구 문이 열리며 흰 가운을 입고 흰 모자와 마스크를 쓰고 흰 장갑을 낀 여직원이 아침 여섯시부터 밤 열두시까지 두 시간마다 정확하게 나타난다. 같은 사람인지, 다른 사람인지 잘 구별할 수 없다. 다만 소독 냄새가 한결같이 그들에게서 풍긴다. 두 눈으로 나를 관찰하며 생활에 필요한 것을 로봇처럼 가져다 놓는다. 아침 여섯시 각종 세면용품을 시작으로 여덟시가 되면 아침 식사를 가져온다. 그들은 철창 밖에서 말없이 서 있다가 빈 그릇이나 세면도구를 반드시 가져간다. 아무리 말을 걸어도 그들은 한마디도 하지 않는다. 오직 대화할 수 있는 사람은 K뿐이었다. K는 매일 오전, 오후, 저녁 이렇게 세 번 감시자이자 보호자처럼 나타난다. K만이 유일하게 마스크와 수술모를 쓰지 않았다. K는 나와 같은 사십대 남자로 180센티미터 장신에 운동선수처럼 다져진 단단한 몸매를 가졌다. 마치 헬스 트레이너 같다. 준수하고 호감 가는 얼굴에 웃음이 친절해 보인다. 삼십여 분 함께 과일주스를 마시며 매일 얘기 나눈다. 흰색 공포로 잠을 잘 수 없다고 매일 몇 번씩 호소하지만 K의 귀에는 스쳐 가는 염불 소리일 뿐이다. 내가 왜 이렇게 갇혀 있지? 흰색 사면 벽에 온갖 생각을 여러 색깔로 칠해보지만 결국 흰색으로 다 덮인다. 흰색 밀실에 갇혀 있는 공포는 불면증을 만든다. K는 언제나 자신만만했다. 곧 적응되면 편하게 잘 수 있을 거라고. 여기만이 나를 보호할 수 있다고. 내가 언제 어떻게 이 하얀 공포의 밀실로 왔는지 모른다. 악몽에 가슴이 짓눌린 혼수상태로 여기에 끌려왔다. 눈앞이 희미하게 보일 때 K가 우뚝 서서 나를 뚫어지게 지켜보고 있었다. 그때 처음 K를 봤다. K는 내가 꿈틀거리자 눈가에 살짝 반가운 웃음을 지었다.

"걱정 마세요. 여기는 당신의 치료와 보호를 위한 특수 밀실입니다. 제가 당신을 지키고 치료할 겁니다."

근엄하게 얼굴이 바뀌며 베이스톤 목소리로 또박또박 설명했다. K의 목소리는 귓속에서 메아리처럼 퍼졌다. 시야가 또렷하게 보일수록 흰색으로 덮인 공간이 눈을 부시게 했다. 제대로 눈을 뜰 수 없었다. 나는 흰색 침대 시트와 흰색 캐시밀론 이불을 덮고 있었다. 온몸이 이불에 파묻혀 모처럼 포근하게 느껴졌다.

"나는 그녀로부터 당신을 지킬 겁니다. 지금 그녀에 대한 세밀한 조사도 하고 있습니다."

K는 근엄하고 단단하게 다시 말했다. 그녀라는 말에 멍했던 머릿속이 칼에 찔린 듯 아팠다.

"머릿속에 있는 모든 잡념을 이 흰 방에 버리세요."

가물가물 엉켜 있던 기억들이 하나씩 풀어졌다. 벚꽃잎이 떨어질 때까지 두문불출 카페 안에서 스스로를 가뒀다. 암굴 같은 카페에서 몽유병 환자처럼 생활했다. 가슴이 매일 찢어졌다. 왜 그녀가 배신했지? 광기 어린 사랑이었는데. 화려했던 카페가 무너져 내려 암굴이 됐다. 핸드폰은 계속 울렸다. 받지 않았다. 몸은 점점 만신창이가 됐고 겨우 바늘 같은 숨만 내쉬었다. 비몽사몽 겨우 허우적거렸다. 4월이 끝날 즈음 카페 문이 부서졌다. 웅성거림 속에서 내 이름을 부르는 찬이 목소리가 희미하게 들렸다. 그리고 혼수상태에 빠졌다. 눈을 뜨자 생면부지의 K가 우뚝 서 있었다. 여름은 빨리 왔고 흰색 공포에 휩싸여 매일 K에게 고문 같은 조사를 받았다. 언제 그녀를 처음 알게 됐냐고. K의 첫 질문이었다. 어리둥절하게 만드는 질문이었다. 기억이 희미해졌다. 그동안 전혀 생각하지 못했던 기억에 대한 질문이었다. 스스로 질문을 던졌다. 그녀를 언제 처음 만났지? 답을 알 수 없는 스스로에 대한 질문이었다. 언제부터 그녀와 광기 어린 사랑을 나누기 시작했냐고. K의 두번째 질문이었다. 또다시 머릿속이 혼미해졌다. 기억나지 않는다. 두번째 질문의 답도 할 수 없다. 왜 나는 그녀에 대해 전혀 모를까? K가 어리둥절해하는 나를 보더니 한심하다는 듯 쓴웃음을 지었다.

"당신은 그녀에 대해 전혀 모르고 있네요. 그녀에 대해 알아본 결과, 그녀는 매우 영악하고 포악하며 당신을 암살하려고 시시때때로 노리고 있소."

K는 그녀에 대해 설명했다. 왜 나를 암살하려고 하지? 얼마나 사랑하는데…… 가슴 찢어지는 의문이 다시 생겼다.

"어떻게 해서, 왜 그녀가 당신을 암살하려는지 나도 알 수 없소. 다만 나는 당신 가족과 친구들에게서 당신을 그녀로부터 지키라는 명을 받았소."

K는 나의 표정을 곰곰이 살피며 결론을 말했다.

“그녀에 대한 광기 어린 사랑이나 배신감을 빨리 잊고 나와 함께 그녀를 막아봅시다.”

K의 말은 귀에 들어오지 않았다. 다시 그녀의 배신에 대한 절망이 찾아왔다. 갑자기 K의 얼굴이 굳어지면서 나의 어깨를 꽉 잡고 정신 차리라며 몇 번씩이나 호통을 쳤다. 눈동자가 흩어지면 안 된다고, 눈을 똑바로 뜨라고. 그녀가 노리는 것이 허물어지는 몸과 마음이라고. 계속 허물어지는 나의 몸을 힘껏 흔들었다. 급히 나에게 각성제 주사를 놨다.

하얀 밀실의 공포는 폭염보다 더 심하게 나를 짓눌렀다. 하지만 K는 흰색에 묻혀 모든 잡념을 씻어내라고 강압했다. 사흘 주기로 온갖 의료기구들이 밀실로 들어와서 나를 치료한다는 명분으로 내 몸을 처참하게 만들었다. 채혈하고, 링거를 맞히고, 혈압과 체온을 재고, 한 번씩 이동해서 CT나 MRI를 찍고, 항암 방사선 치료를 하고. 날짜를 잊은 지가 며칠 됐다. 간혹 K가 오늘은 며칠이며 무슨 요일인지, 그리고 바깥의 날씨를 알려주곤 했다. 하얀 밀실에서 보름을 지냈다고 K가 말한 오후에 첫번째 면회객이 찾아왔다. 하얀 문이 열리며 K와 같이 하얀 가운과 수술모를 쓴 어머니가 들어왔다. 어머니의 뚱뚱한 몸매는 흰 가운을 입어서 더욱 뚜렷하게 드러났다. 화장품 회사의 회장 모습은 보이지 않았다. 얼굴은 성형한 흔적이 뚜렷했다. 몇 번째인지 헤아릴 수 없다. 볼살이 팽팽하게 당겨져 있었다. 어머니는 나를 보자 통곡했다. 팽팽하던 얼굴이 울음으로 허물어지면서 깊은 주름이 거미줄처럼 얼굴에 퍼졌다. 순식간에 괴물이 됐다. 알 수 없는 울분이 눈물과 범벅돼서 기고만장해 우쭐대던 엄마 얼굴을 험상궂게 만들었다.

"내 아들을 누가 이렇게 만들었어? 내가 어떻게 키웠는데. 어떤 년이야? 당신은 뭘 하고 있어?"

어머니는 우두커니 서 있는 K에게 삿대질을 하고 고함을 질렀다. 깜짝 놀란 K가 뒷걸음질 치며 손짓으로 어머니를 진정시켰다. 편모슬하에 자란다고 어머니의 사랑은 끔찍했다. 갑자기 나도 울분이 솟구쳤다. 어릴 적부터 부리던 어리광 같은 울분이었다. 어머니 앞에서만 그래왔다. 그리고 어머니는 항상 투정을 해결해줬다.

"왜 나를 이렇게 만들었어? 왜 내가 이 지경이 됐지? 빨리 이 흰 밀실에서 나를 구출해줘."

어머니를 향해 핏대 세워 패악을 부렸다. 몇십 분을 발광하고 울부짖다가 까무러쳤다. 희미하게 어머니 통곡만 들렸다. 이틀간 혼수상태로 지냈다. 어머니가 방문한 지 일주일 후 K와 함께 흰 가운과 흰 모자를 쓴 찬이와 욱이가 면회 왔다. 두 친구는 한심하다는 듯, 걱정스러운 듯, 애처로운 듯, 얼굴에 온갖 표정을 다 담았다. 눈물이 날 정도로 반가웠다. 겨우 들숨 날숨을 편하게 쉴 수 있었다. 친구들과 모처럼 대화를 길게 나눴다. 두 친구의 번질거리던 얼굴은 보이지 않았다. 그간 무슨 일이 있었는지 핼쑥하고 주눅 든 얼굴로 변해 있었다.

"왜 네 엄마는 우리를 야단치지? 네가 우리 때문에 이 지경이 된 거 아니잖아."

언짢은 목소리로 찬이가 한마디 불만스럽게 던졌다. 일 년 전부터 욱이는 그녀의 정체를 어렴풋이 느꼈단다. 충분히 그녀의 먹잇감이 될 수 있었다는 욱이의 말에 은근히 신경이 거슬렸다. 나는 태어나면서부터 생존경쟁을 전혀 느낄 수 없는 환경에서 자랐다고 했다. 욱이의 말은 나의 낯선 일기장처럼 이어졌다. 욱이가 오랜 친구로서 봐왔던 나에 대해 소설처럼 읊조렸다.

"내 이럴 줄 알았다. 너는 지금까지 엄마 덕에 고생해본 적이 없잖아. 네가 말하는 대로, 생각하는 대로, 원하는 대로 너의 부자 엄마가 요술 부리듯 다 해결해줬잖아."

욱이는 빈정대듯 말꼬리를 올렸다.

"난 배가 고팠고, 돈이 필요했고, 명예와 자존심이 필요했어. 언제나 너를 부럽게 쳐다봤지. 내가 아등바등할 때 넌 재미 좋게 세상을 쳐다만 보더군. 넉살스레 세상을 살아가더군."

욱이의 입가에 비열한 웃음이 번지며 계속 말을 이어갔다.

"그녀가 너에게 접근했을 때 넌 그녀의 음모를 전혀 눈치채지 못하고 미친 듯이 그녀에게 빠져들었어. 그녀의 정체를 너에게 귀띔하려고 할 때 그녀가 조용히 하라며 쓸데없는 짓이라고 하더군. 오히려 네가 나의 말을 무시하고 조롱할 거라며 말이야. 너는 가장 쉽게 홀려서 가장 쉽게 암살할 수 있는 동물이라더군."

찬이가 욱이의 입을 막아도 욱이의 입에서 쉴 새 없이 가슴을 찌르는 말들이 쏟아졌다. 가슴이 또다시 뒤집어졌다. 욱이는 말했다. 나는 가장 무기력하고 질병에 대해 면역력이 거의 없는 인간이라고. 처음 알게 되는 나의 정체였다.

"그녀를 광적으로 사랑한 거 후회하지 마라. 너 스스로 그녀 음모에 뛰어들었으니까."

찬이가 야단쳐도 욱이의 입은 쉴 새 없이 나불거렸다. 그들이 간 후 또 다른 배신을 소꿉친구들에게서 느꼈다. 그들은 나의 처참한 몰골이 궁금해서 보러 온 것이었다. 흰 벽들이 눈물로 밤새 들먹였다. 나의 통곡은 수면제로 겨우 멈췄다. 두 친구가 찾아온 이틀 후에 K가 또 다른 면회객을 데리고 왔다. 눈을 두 번 비비고 깜짝 놀라며 면회객을 바라봤다. 삼 년 전 이혼한 아내였다. 왜 이혼한 아내가 갑자기 방문했지? 이 몰골을 보며 통쾌하게 웃으려고? 오랜만에 보는 아내였지만 여전히 차분하고 냉랭했다. 흰 수녀복을 입은 수녀 같았다. 예전 같으면 마음이 뒤틀렸을 모습이지만, 흰 밀실에서 보니 눈물 나게 반가웠다. 아내는 길게 말하지 않았다.

"두 아이의 아버지로 걱정이 돼서 왔어요. 마지막이 될지 몰라 아이들과 영상통화라도 하라고."

아내는 아이들을 위해 이혼을 망설였었다. 오랜 세월 나에게 폭력을 겪으면서도. 아내는 내 스트레스용 희생물이었다. 이를 악물고 내 폭력을 참았다. 하지만 난장판 같은 내 생활이 아이들에게 상처를 주자 냉정하게 이혼을 했다. 나는 이혼은 하고 싶지 않았다. 결혼할 때부터 그랬듯이 아내는 나의 맛난 먹잇감이었다. 아내는 결혼 전 성폭력 때부터 울었고, 첫날밤도 울었다. 결혼 후에도 울었다. 이혼 전까지 울었다. 우는 아내가 묘하게 재미 좋았다. 하지만 아이들 얼굴이 어두워지는 것도 몰랐다.

"큰딸애가 고등학교 3학년이 됐어요. 작은딸은 중3이구요."

딸들만 낳았다고 시어머니 구박은 심했다. 구박은 아내에게 생지옥이었다.

"그래도 아빠 건강이 빨리 회복되면 좋겠다고 작은애가 말하더군요."

딸들 얼굴이 가물가물했다. 어떻게 생겼지? 어처구니없는 아버지가 됐다. 딸들과 어떻게 지냈지? 딸들 울음소리만 기억났다. 딸들에게 화를 낸 기억만 되살아났다.

아내는 큰딸에게 전화를 걸었다. 큰딸이 핸드폰 화상에 나타났다. 아내가 나에게 핸드폰을 건네줬다. 눈물이 울컥 났다. 핸드폰을 받자마자 화상이 꺼졌다. 아내가 다시 전화를 걸었다. 신경질적인 큰딸 목소리가 들렸다.

"엄마, 그 남자와 통화하고 싶지 않아. 전화 끌 거야."

그 남자? 가슴이 텅 비었다. 흰색 벽들이 소용돌이처럼 세차게 빙빙 돌았다. 아내는 긴 한숨을 쉬었다.

"저는 이혼할 때 그녀의 정체를 이미 확실하게 알고 있었어요. 하지만 당신은 결혼 후 한 번도 내 말을 듣지 않았잖아요."

아내는 K에게 부디 그녀를 막아달라는 말을 건넨 후 흰 문을 열고 사라졌다.

"그녀가 아내 대신 복수하는군요."

K가 냉혹하게 말을 던지고 아내를 따라 흰 문을 열고 나갔다. 쾅, 문 닫는 소리가 유난히 크고 서럽게 들렸다.

독침 맞기 일 년 전 가을, 태풍 같은 나날이었다. K의 얼굴은 매우 긴장된 표정이었다. 야윈 얼굴로 눈을 치켜뜨고 사방을 감시했다. 하얀 밀실을 매일 들락날락하면서 나를 지키기 위해 안간힘을 썼다. 그녀는 K를 조롱하듯 태풍처럼 내 주위를 몰아쳤다. 그녀가 언제 어떻게 변신해서 나타날지 종잡을 수 없었다. 나는 태풍 같은 공포에 휩쓸려 헐떡거리며 하루하루를 보냈다. 그녀에 대한 애증의 시간이 길어졌고, 애증의 심도도 깊어졌다. 매일 나락에 떨어지는 악몽을 꿨다. 배신감, 미움, 애착, 절망, 저주, 열병 같은 사랑, 마음을 갈기갈기 찢어버리는 아픔만 가늠할 수 없을 정도로 커져갔다. K는 나에게 매일 마약 성분의 진통제 주사를 놨다. 용량이 늘어나도 아픔은 점점 더 커졌다. 그녀는 정체를 알 수 없는 변신으로 나에게 태풍처럼 휘몰아쳤다. K는 깜짝 놀라며 땀을 뻘뻘 흘리면서 그녀를 물리치기 위해 여념이 없었다. 나도 점점 그녀에 대한 공포심이 커져갔다. 처음 만났을 때처럼 그녀는 가냘프고 다소곳하지 않았다. 나를 암살해야 하는 야차의 얼굴로 변했다. 그녀를 피하려고 K는 게임하듯 나를 여러 번 다른 하얀 밀실로 옮겼다. 잠시 그녀가 우리를 찾지 못할 때, K가 지친 얼굴로 나를 원망스럽게 쳐다보며 야단쳤다.

"그녀가 당신을 암살하려는지 왜 몰랐소? 그녀는 야차라고!"

"그녀가 언제, 어떻게 당신 곁에 왔소?"

대답하지 못하고 멍하게 있는 나를 한심하게 쳐다보며 질책했다.

"다른 사람들은 거의 알고 있었는데 어찌 어리석게도 당신만 몰랐소?"

그리고 정신과 의사나 철학자처럼 진단하고 답을 만들었다.

"당신은 철학이 없었어. 그녀가 그것을 노릴 거야. 물론 배고픔 같은 인생의 시련을 겪지 못했으니 철학을 가질 시간이 필요 없었겠지. 그녀가 당신에게 마지막으로 철학을 가질 시간을 주네."

K의 말은 잠시 나를 정신 차리게 했다. 그녀가 왜 나를 암살하려는지 모르겠다. 철학을 해야 답이 나올까? K가 나간 후 하얀 밀실 벽에 그녀가 아른거렸다. 야차 얼굴로 무섭게 그려졌다. 배신의 얼굴이었다. 가슴이 갈기갈기 찢어지는 고

통이 철학의 시작일까? 시간이 어떻게 흘러가는지 모르겠지만 K의 얼굴은 점점 더 초조해지고 긴장됐다. 쾅쾅, 하얀 밀실 밖에서 그녀가 나를 공격하는 소음이 커졌다. 그녀는 밤낮으로 나를 혼미하게 만들었다. 하얀 벽에 야차로 그려지며 그녀는 잔인하게 나를 공포로 몰아쳤다. 공포 때문에 애증을 느낄 시간도 없었다. 갑자기 이혼한 아내가 그리워졌다. 아내만이 나를 구해줄 수 있을 것 같았다. 아내의 면회를 부탁했다. 그동안 쓸데없이 울부짖기만 하는 어머니만 찾아왔었다. 어머니의 울음은 시끄럽기만 했다. 어머니의 울음에는 답이 없었다. 며칠 후 아내가 작은딸과 함께 면회 왔다. 아내는 차분하고 평온했다. 작은딸은 어느덧 사춘기 소녀의 모습이었다. 작은딸이 아빠 얼굴이 도저히 기억나지 않는다고 마지막으로 보고 싶다며 함께 왔다. 작은딸은 처음 보는 사람 대하듯 신기하게 나를 봤다.

"아빠 맞아?"

작은딸이 아내에게 물었다. 가슴이 철렁 내려앉았다. 작은딸의 기억 속에 나는 뭐였을까? 작은딸은 잠시 나를 본 후 무심하게 시선을 흘리고 하얀 밀실을 둘러봤다. 작은딸 마음에 나는 없었다. 나의 정체가 스스로 궁금해졌다. 눈물 속에 아내와 작은딸이 뚜렷하게 보였다. 늦었다는 생각이 들었다.

'죽음 직전의 시련이구나.'

나에 대한 답을 찾고 싶었다. 또다시 그녀에 대해 아내에게 물었다.

"당신은 언제부터 그녀의 정체를 알았지?"

"이 아이를 가슴에 안고 애원했지만 당신은 냉혹하게 나와 작은딸을 무시하더군요."

아내는 잔잔하게 대답했다.

"그때부터 당신 곁에 그녀가 서성거렸고 난 그래도 마지막 애원을 했어요. 그녀가 당신을 암살할 거라고. 소용없는 애원이었지만……"

아내는 덤덤하게 말을 이어갔다.

"당신은 나뿐만 아니라 딸들조차 남처럼 대하더군요. 그녀는 그걸 눈치채고 당신에게 찰싹 들러붙었어요. 당신은 점점 그녀에게 빠져들며 우리에게 온갖 행패를 다 부렸어요."

아내의 대답에서 철학이 시작됐다. 간단하게 대답하곤 아내는 마지막인 듯 다정한 웃음을 보였다. 작은딸은 표정 없이 그냥 고개만 끄덕하며 인사했다. 아내와 작은딸이 나간 후 하얀 밀실이 터질 듯이 커져갔다. 공기조차 말라갔다. 가족에게 무슨 행패였지?

카페가 점점 커질수록 나의 말초신경도 점점 뜨겁게 자극되었다. 그녀는 젊은 시절 눈에 띄지 않았다. 나의 눈에 띌 만한 행색이 아니었다. 그냥 무심하게 스쳐 지나갈 행색이었다. 처음 그녀의 카페는 도시의 변두리 1지구에 보일 듯 말 듯 있었다. 황량한 벌판이 카페 앞에 펼쳐져 있었고 도시의 네온사인보다 달빛과 별빛이 밤을 밝혔다. 네온사인 없는 3평 정도의 카페였다. 겨우 한두 명이 앉아서 잠시 술 한잔 마시고 갈 공간밖에 안 됐다. 화려한 도시의 중심부에서 살아온 나로서는 한 번도 가보지 않았던 변두리 1지구는 낯설었다. 가끔 1지구에서 온 사람을 보면 혐오감을 느끼곤 했다. 언제 어떻게 그녀의 카페에 들렀는지 기억조차 없다. 화려한 네온사인 아래 거의 매일 밤을 진탕 즐기다가 새벽녘에 비몽사몽 헤매다 우연히 들른 듯하다. 처음 그녀는 웃음이 없었다. 주문하는 대로 덤덤하게 술과 안주를 줬다. 앳되고 순박한 시골 아가씨 같았다. 웃음 없는 그녀에게 재미없다고, 웃어보라고 짜증을 내며 주사를 부렸다. 그녀가 무표정하게 내 술주정을 받아줬다. 이후 욱이와 우연찮게 그녀의 포장마차 같은 카페에 들렀다. 욱이는 어릴 적 1지구에 살 때 이 카페를 본 적이 있다고 했다. 아직 카페가 있다며 반가워했다. 그녀는 나에게 웃음 없이 술을 줬다. 하지만 욱이에게는 웃으면서 술을 권했다. 왜 나에게는 웃어주지 않느냐고 시비를 걸었다. 그래도 그녀는 여전히 나를 차갑게 대했다. 주사는 점점 심해져 집기를 부수며 카페를 엉망진창으로 만들어버렸다. 그러나 그녀는 여전히 무표정하게 내가 주사 부리는 것을 쳐다보기만 할 뿐이었다. 그녀에게 손해배상을 했다. 나에게는 몇 푼 안 되는 돈을 던져줬다. 하지만 그녀는 그 돈으로 1지구에서 벗어나 달빛과 네온사인이 함께 빛나는 2지구에서 십여 평 정도의 카페를 개업할 수 있었다. 새벽녘 간혹 들르면 그녀는 살짝 웃곤 했다. 내 마음을 간질거리는 묘한 웃음이었다. 이번에는 왜 그렇게 웃냐며 주사를 부렸다. 성희롱을 하고, 술잔을 던지고, 문짝을 부수고, 온갖 주사를 부렸다. 카페는 내 주사로 엉망진창이 됐다. 슬슬 재미를 느꼈다. 그러나 그녀는 여전히 묘하게 웃었다. 그녀는 얄미울 정도로 웃기만 했다. 그녀는 내 주사를 웃으면서 견뎠다. 나는 왜 웃냐고 으르렁거리며 따졌다.

"당신 꼴이 나를 웃게 만드네요."

그녀는 엉뚱한 대답만 했다. 당신에게는 내 웃음을 이겨낼 힘이 없다며 모두가 당신 엄마 탓이라며 혀를 찼다. 아리송한 말들이었다. 그럴수록 나도 모르게 그녀의 웃음에 빠져들었다. 온갖 주사를 부리며 그녀를 웃게 만들고 싶었다.

그녀를 안 지 이 년 정도 되었을 무렵 나는 3지구로 카페를 옮겨줬다. 보다 넓은 카페에서 주사를 부리며 그녀의 웃음을 보고 싶었다. 카페는 서른 평 크기였고, 화려한 조명으로 장식됐으며, 카운터 뒤편 선반에는 고급 양주와 와인이 진열돼 있었다. 그녀도 화사하게 변했다. 그녀는 요염하게 웃음 짓기 시작했다. 찬이와 욱이가 나를 이상하다는 듯 보기 시작했다. 그녀와 사랑에 빠진 거냐고 물어보기도 했다. 나는 그녀는 그냥 노리갯감이라며 강하게 부정했고, 더 심하게 그녀를 희롱

했다. 그럴수록 그녀의 눈가에는 요염한 웃음이 커져갔다. 그녀의 요염한 웃음은 나날이 짙어졌다. 그녀의 손길은 점점 뜨겁게 나를 어루만졌다. 그녀의 변신에 친구들은 깜짝 놀라곤 했다. 그녀의 요염한 웃음이 내 가슴을 달콤하게 쑤셨다. 온몸이 나른해지고 무기력해질 정도였다. 나는 그녀의 웃음에 빠져버렸다. 카페에서 지내는 날들이 많아졌다. 그녀가 웃을 때마다 찬이와 욱이는 왠지 겁이 난다고 고개를 절레절레 흔들었다.

"그녀는 나날이 예뻐지잖아. 그녀의 웃음은 놀라울 정도로 요염해. 보기 좋고. 그녀는 매혹적인 여자일 뿐이야."

나는 그저 호탕하게 웃어넘겼다. 하지만 친구들은 그녀가 이상하다고, 그녀와 헤어지라고, 카페에 가지 말라고 걱정하며 충고했다. 나는 친구들의 말을 귀담아듣지 않았다.

'또 나를 질투하는군. 언제나 친구들은 열등감에 차서 나를 시기해. 그러면서 속으로는 나처럼 되려고 발버둥을 치지만 어림도 없지.'

그녀는 친구들에게 웃지 않았다. 오직 나에게만 요염하게 웃었다. 그녀는 나를 뜨겁게 껴안으며 도시에서 제일 화려하고 번화한 거리로 카페를 옮기고 싶다고 했다. 나는 망설임 없이 그렇게 하자고 했다. 아내와 이혼한 다음 달이었다. 홀가분했다. 하지만 친구들은 강력하게 반대했다. 그녀가 널 파괴시키고 있다고, 그녀가 널 죽음으로 몰아가고 있다며. 나는 또 한 번 호탕하게 웃어넘겼다. 밤낮으로 화려하게 네온사인이 번쩍이는 4지구 중심부로 카페를 옮겼다. 그녀는 나의 경제적 지원을 받아 땅값이 가장 비싼 백여 평 단층 건물에 LC라는 카페를 차렸다. 나는 카페 이름이 궁금해 왜 LC냐고 물었다. 그녀는 묘하게 웃으며 본인 이름의 이니셜이라고 했다. 그 무렵 어머니는 예전과는 달리 잠시 나를 걱정스러워했다. 하지만 내 고집을 꺾을 수 없자 모든 것은 돈과 권력으로 해결된다는 평소의 소신대로 내 행동을 용인해줬다. 다만 카페 자리가 옛 공동묘지 터라고 꺼림칙함을 내비쳤다.

그녀는 당당하게 카페에서 여왕처럼 군림했다. 그녀 앞에 나는 한낱 노리갯감이 됐다. 나는 그녀가 웃을 때마다 여지없이 허물어졌다. 그녀의 웃음은 카페 안에서 메아리치며 울려 퍼졌다. 카페는 화려함의 극치였다. 하지만 오직 그녀와 나뿐이었다. 가끔 친구들이 들러서 두려움에 떨다가 급하게 떠나곤 했다. 나는 그녀의 웃음에 허우적거리며 그녀의 사랑을 구걸했다. 그녀의 웃음이 클수록 나는 더욱 미쳐갔다. 친구들은 진심 어린 목소리로 애타게 충고했다. 그녀와 미친 사랑에 빠졌다고. 죽음으로 몰고 가는 사랑이라고. '제발'이라는 말을 몇 번씩이나 반복하면서 그녀와 헤어져야 한다고 했다. 겉으로는 화려하지만 속으로는 깊이 병든 곳이라며 카페에서 빠져나오라고 했다. 하지만 이미 늦었다는 예감이 든다며 친구들은 슬픈 표정을 지었다. 나는 친구들의 진심 어린 충고를 무시했다. 나는 만신창이가 돼가는 스스로를 느끼지 못했다. 그럴수록 그녀의 웃음에 더 빠져들고 싶었다. 나에게는 오직 카페에서 그녀와 함께 미친 듯이 웃는 시간만 존재할 뿐이었다. 나는 그녀의 웃음이 사악하다는 것을 알지 못했다.

아내와 작은딸이 마지막으로 다녀간 후 K는 더 초조해했다. 거의 매일 하얀 밀실을 왔다 갔다 하면서 나를 불안하게 쳐다봤다. 그녀의 웃음은 하얀 밀실 밖에서 천둥처럼 퍼졌다. 웃음소리도 교향곡 관현악기 연주처럼 온갖 음색으로 변주됐다. 그녀의 웃음이 들릴 때마다 K는 오싹거렸다. K는 체념한 듯한 한숨을 길게 내쉬면서 나를 처량하게 쳐다봤다.

"더 이상 그녀에게서 당신을 보호할 수 없겠네요. 그녀를 물리칠 방법이 없어요."

K의 얼굴은 패장의 그것이었다. K는 막다른 지경까지 온 전쟁의 패배를 선언했다. 나락으로 떨어지는 공포는 매일 나를 엄습했다. 제발 그녀의 웃음소리를 멈춰달라고 애원해도 K는 체념한 듯 고개를 돌렸다.

어머니가 마지막으로 온 날, 어머니의 통곡은 하얀 밀실 먼 곳에서부터 들려왔다. 어머니의 통곡만이 나에게 조금이라도 위안이 됐다. 어머니는 나를 부둥켜안고 한없이 울었다. 어머니의 눈물 속에 처음으로 내가 보였다. 바싹 마르고 겁에 질린 새까만 내 얼굴이 보였다. 어머니의 눈물은 처음으로 자식에 대한 아픔을 느끼고 있었다.

"내가 잘못했다. 어릴 적부터 사악한 유혹을 이길 수 있는 법을 가르쳤어야 했는데…… 그런 웃음에 빠지지 않도록 단단히 가르쳤어야 했는데…… 네 몸만 편하면 되는 줄 알았지, 너의 가슴과 정신에 삶의 시련을 이기는 힘을 심어주지 못했구나."

어머니는 체념의 눈물만 주르륵 흘렸다.

"외할아버지 유언대로 고기 잡는 법을 가르쳤어야 했어. 이 어미가 고생하며 자수성가한 외할아버지의 삶을 제대로 들려주지 않았구나."

어머니의 한숨과 울음은 하얀 밀실에 가득 퍼졌다. K가 내 손을 꼭 붙잡고 있는 어머니를 겨우 떼어내 하얀 밀실에서 데리고 나갔다. 어머니의 울음은 길게 멀리서까지 들렸다. 어머니가 떠난 후 삶의 시련을 처음 깨달았다. 아내의 호소가 가슴 저리게 생각났다. 아내와 딸들이 사무치게 그리웠다. 아내와 딸들에게 남편으로서, 아버지로서 늦었지만 뼈저리게 미안했다. 친구들에게도 미안했다. 그들의 충고에는 우정이 깊게 배어 있었다. 친구들이 아른거렸다. 내 모든 것이 그녀의 웃음에 삼켜졌다. 그녀의 웃음이 빠져나올 수 없게 나를 겹겹이 둘러쌌다. 그녀의 웃음은 애절한 내 울음으로 변했다. 그녀의 웃음이 커질수록 마지막이 될 내 울음도 점점 더 커졌다.

웃음과 울음의 원무

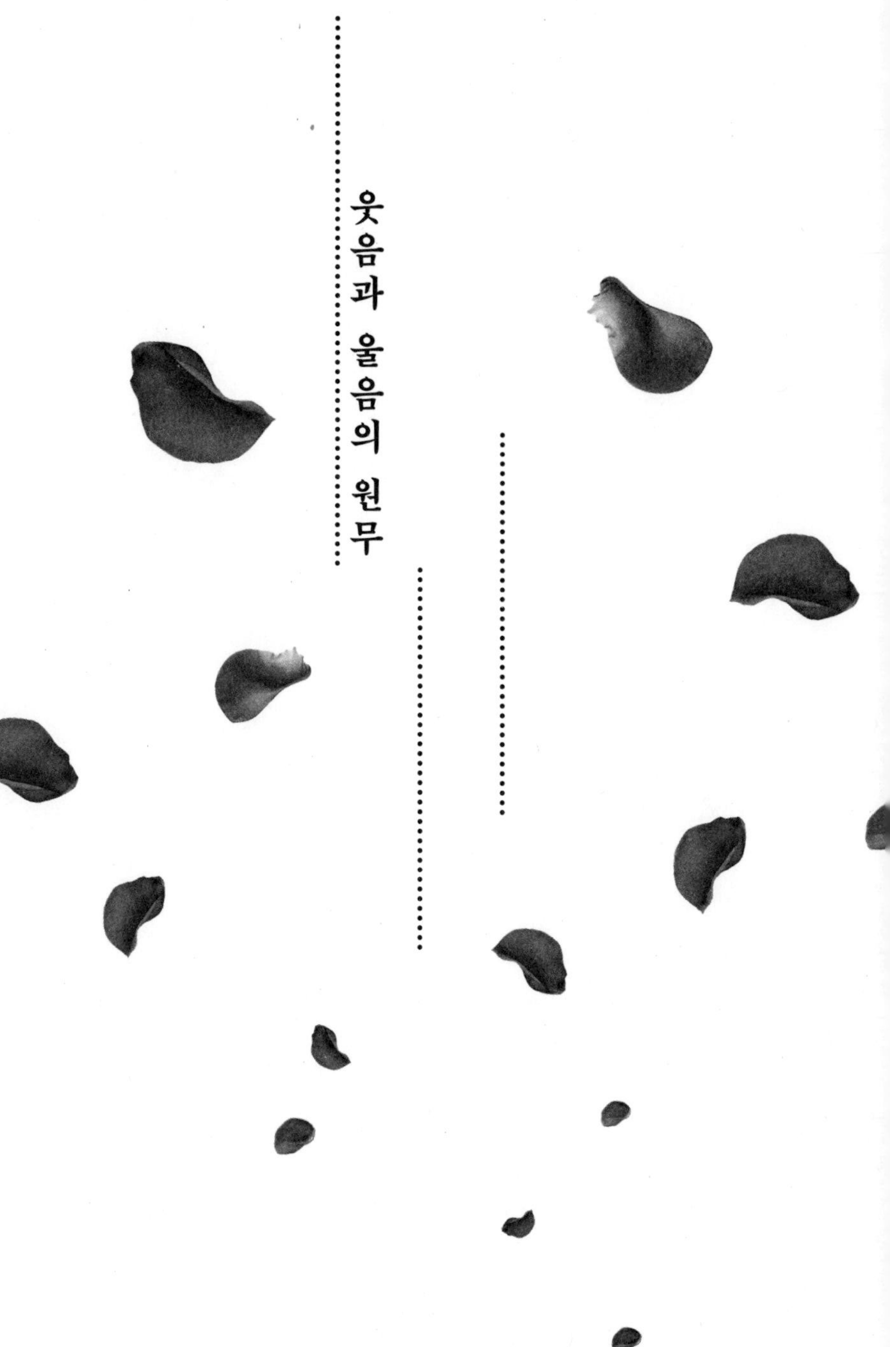

아기가 방긋방긋 웃는다. 외할아버지가 순간 놀라며 멈칫한다. 언젠가 본 듯한 기억이 가물가물하다. 아기 얼굴에 웃음이 점점 커진다.

"얘가 왜 이래?"

놀란 듯한 아기 엄마의 목소리가 방 안에 퍼진다. 모두 아기 웃음을 보며 적막에 빠진다. 몇 초인지 몇 분인지 모를 적막이 흐른다. 적막 속에 아기는 여전히 방긋방긋 웃는다. 아기의 웃음이 곱고 깨끗하다. 달콤하기도 하다. 갑자기 외할아버지의 코끝이 찡하다. 가슴이 뭉클하다. 알 수 없는 눈물이 가득 고인다. 사람들의 모습이 눈물로 흐릿해진다. 아기 웃음만 눈물 속에서 반짝인다. 아기 웃음은 그리움이다. 가슴 깊이 봉인했던 그리움이 터진다.

모처럼 62평 아파트가 식구들로 웅성거린다. 그동안 요양보호사나 가사도우미가 일주일에 나흘 정도 조용히 왔다 가곤 했다. 아내가 떠난 후 아파트는 낯설어졌다. 무심코 열었던 도어락이 차가웠다. 도어락을 만질수록 손가락 끝에서 냉기를 느꼈다. 손가락이 파르르 떨리며 비밀번호를 누를 수 없었다. 간혹 비밀번호를 잊곤 해서 당황했다. 예전에는 있을 수 없는 건망증이었다. 비밀번호를 잊으면 망설이다 큰딸에게 전화를 했다. 큰딸의 목소리는 냉랭했다.

"엄마 돌아가시고 나서 미안해서 치매에 걸린 체해요?"

큰딸은 비밀번호만 말하고 핸드폰을 냉랭하게 끊었다. 덤덤하게 여기며 비밀번호를 눌렀다. 문을 열면 찬바람이 휭 불며 얼음창고로 들어가는 기분이었다. 몸이 차가워지며 소파에 털썩 누웠다. 예전에 하지 않았던 행동이었다. 외출 중 가사도우미가 와서 청소했건만 아파트가 낯설고 어지럽게 느껴진다. 이 년째 느껴지는 적막이다. 오늘 아내의 두번째 추도식이라 모처럼 식구들이 모였다. 북적이고 웅성거리는 소리가 정겹다. 어제 추도식 준비한다고 큰딸이 가사도우미와 함께 먼저 친정에 왔다. 어제 큰딸이 먼저 온다는 연락에 하루종일 기다리다 문이 열리는 소리에 귀가 솔깃했다. 큰딸과 가사도우미가 웅성거리며 집 안을 돌아다니자 마음이 편해졌다. 서재에서 살짝 문을 열고 큰딸과 가사도우미에게 묵묵히 고개를 끄덕였다. 큰딸은 나를 아랑곳하지 않고 안방 문을 열고 들어가 통곡했다. 딸의 울음은 길고 서글펐다. 하지만 그리움과 사랑이 깊게 스며 있었다. 울음은 온기를 지낸 채 북소리처럼 아파트 안에 퍼졌다.

"엄마, 엄마. 꺼억꺼억……"

온기 품은 울음에 아내의 목소리가 아파트 구석구석에서 메아리처럼 대답했다.

"사랑한다, 딸애야."

무덤덤하던 가슴에 파장이 일어났다. 아파트 구석구석의 적막이 딸의 울음으로 사라졌다. 그리고 그 자리에 딸의 울음이 채워졌다. 적막이 사라지자 긴장이 됐다. 처음에는 오싹했다. 그런데 곧 온몸에서 긴장이 풀리며 그냥 서재 바닥에 흐느적거리며 쓰러졌다.

'나 혼자가 아니었구나. 이 집에……'

나도 모르게 안도의 한숨이 쉬어졌다. 그동안 혼자라는 것을 깨닫지 못했다. 큰딸의 울음으로 홀로 지낸 이 년의 시간을 깨닫게 됐다. 홀로된 후 나도 모르게 긴장하고 있었다. 큰딸의 울음은 이십여 분이나 이어졌다. 잠시 후 아내가 있는 것처럼 부엌 쪽에서 북적이는 소리가 들렸다. 귓가에 아내 목소리가 들리는 듯했다. 드러누워 깜빡 잠이 들었다. 꿈속에서 아내가 저녁 준비를 하고 있었다. 몇 년 만의 단잠인지 잠이 달콤했다. 노크 소리에 잠에서 깼다. 몸이 가벼워졌다. 큰딸이 저녁 식사가 준비됐다고 노크하며 소리쳤다. 거실과 안방이 훤했다. 가사도우미는 퇴근하고 큰딸이 저녁 식사를 준비했다. 식사하시라는 냉랭한 목소리만 들었지만 결코 섭섭하지 않았다. 모처럼 식탁 위에 온기가 맴돌았다. 큰사위와 아들, 막내딸 식구, 그리고 이모들은 내일 온다고 무뚝뚝하게 말하곤 큰딸은 안방으로 들어갔다. 아내가 세상을 뜬 후 큰딸의 목소리는 더욱 냉랭해졌다. 불혹의 나이를 넘겼건만 나에 대한 큰딸의 미움은 더 커져갔다. 아내가 일 년간 병원 생활을 할 때는 남이 된 듯 매몰차게 엄마 인생을 제대로 보살피지 않은 나의 잘못을 따졌다. 눈에서 화를 품은 눈물을 흘리며 나를 범죄자 취급했다. 큰딸은 유달리 아내를 사랑했다. 나는 큰딸이 크는 동안 무덤덤하게 바라만 봤다. 자식들에게 사랑을 느낄 틈이 없었다. 자식들은 아내의 품에서만 자랐다. 아들에게는 더 가혹하게 눈길을 돌렸다.

추도식 날 아침부터 집안은 웅성거렸다. 아침 일찍 처형과 처제가 서재 문을 열며 퉁명스럽게 인사를 건넸다. 그들의 불만은 오래전부터 알고 있었다. 내 무덤덤한 행동에 그들의 불만은 더 커졌을 것이다. 그렇지만 그런 데 신경 쓸 정도로 여유롭지 않았다. 오히려 내 덕으로 살아가는 거 아니냐고 큰소리를 쳤다. 고맙게 생각해야 한다며 그들을 야단쳤다. 처조카들이나 작은동서는 내 덕에 지금까지 편하게 사회생활을 하고 있는 거 아니냐며.

큰딸은 이모들과 함께 흐느끼며 또다시 엄마를 그리워한다. 그들의 울음이 서서히 나의 서재로 스며든다. 서재 소파에 앉아 그들의 울음을 마냥 듣는다. 책장과 소파, 테이블 등 마호가니 가구로 우아하고 환하게 장식된 서재가 쓸쓸하게 퇴색된다. 오전 봄날의 햇살로 가득 차던 서재에 그림자가 드리워진다. 예전에는 감히 들어올 수 없었던 쓸쓸함이 서재를 휩쓴다. 그들의 울음에 나도 점점 움츠러든다.

아내조차 노크를 해야 서재에 들어올 수 있었다. 아이들은 내 허락을 받고 들어왔다. 서재는 십오 년간 나만의 철옹성이었다.

그들의 울음으로 순식간에 서재에 그림자가 드리워진다. 뜻밖의 그림자로 당황스럽다. 당당하고 위엄스럽던 서재는 초라한 문간방이 됐다. 나도 그림자에 파묻힌다. 봄 햇살이 비쳤건만 서재의 그림자는 점점 짙어진다. 나를 부르는 소리는 없다. 점심때가 되어야 부를 것이다. 점심 드시라고. 그때까지 나는 서재에 가둬졌다. 예전에 없던 서재에서의 내 모습이다. 잠시 후 울음은 사라진다. 곧 아내의 음식 냄새가 서재로 스며든다. 아내가 좋아하는 음식들이다. 빈대떡, 파전, 잡채, 곰국에서 나는 음식 냄새가 서재를 가득 채운다. 빈대떡 냄새는 나를 자극한다. 아내는 명절마다 처음으로 부친 빈대떡을 나에게 가져다줬다. 나는 당연하다는 듯 아내가 가져온 첫 빈대떡을 시식했다. 그러나 오늘은 누구도 나에게 빈대떡을 가져다주지 않았다. 입안이 침으로 가득했고 식욕이 뱃속에서 치밀어 오른다. 문을 열고 말하고 싶다. 욕구는 뜻밖에 컸다. 하지만 선뜻 문을 열 수 없다. 쓸데없는 자존심 때문이다. 점점 의혹이 커진다. '왜 나를 부르지 않지?' 밖에서는 떠들썩하게 추모 음식을 만든다. 점심때까지 기다려야 했다. 참기 힘든 식욕이 온몸을 뒤튼다. 식욕은 강렬했다. 화가 치민다. '너희들이 감히 나에게?' 하지만 예전같이 버럭 화를 낼 수 없다. 그때 초인종 벨이 울리며 도어락이 열린다. 아기 울음소리와 막내딸 목소리가 함께 들린다. 칭얼거리는 어린애 소리도 뒤따라 들린다. 아파트에 들어서자마자 아기 울음은 온 집 안을 엉망진창으로 만든다. 아기 울음은 막무가내다. 가족들이 일손을 놓고 아기 울음에 집중한다. 모두 혼이 나간 듯 긴장한다.

"울지 마. 곧 맘마 줄게."

막내딸의 다급한 목소리가 계속 들린다. 나도 모든 것을 잊은 듯 얼떨떨하다. 잠시 치솟았던 식욕과 화가 사그라진다. 아기를 달래는 큰딸과 처제의 목소리가 들린다. 그러나 소용없다는 듯 아기 울음은 점점 커진다. 집 안을 비상 상태로 만든다. 나도 아기 울음에 긴장감을 느낀다. 처음 느끼는 긴장감이다. 해외에서 건설 수주를 딸 때도 긴장하지 않았었다.

아기 울음은 애절하다.

"외할머니에게 애도의 눈물을 흘리나? 왜 이렇게 애절하게 우냐?"

처형이 혀를 차며 말한다.

"아버지, 저 왔어요."

막내딸이 서재 문 앞에서 인사를 한다. 막내딸 목소리에 문을 열고 나선다. 두 아이를 데려온 막내딸은 지쳐 있다. 팔 개월 된 막내 외손녀가 큰딸 품속에서 몸부림치며 울고 있다. 막내 외손녀를 태어난 후 처음 본다. 그간 서로 바빠서 막내 외손녀를 볼 시간이 없었다. 막내 외손녀의 울음은 장송곡 같다. 온 식구가 아기 울음에 빠져 혼이 나간다. 몸부림치던 막내 외손녀가 내 쪽으로 고개를 돌린다. 순간 아기 눈동자가 반짝 빛난다. 아기 눈동자에 반가움이 서려 있는 듯하다. 나도 모르게 긴장된다. 나도 아기만 바라본다. 노란색 유아복을 입은 아이는 막내딸 품에 안겨 있다. 처음 보는 막내 외손녀지만 뽀얀 살결에 큰 눈동자가 예쁘다. 그리고 울음을 뚝 그친다. 온 가족이 어리둥절하게 아기를 쳐다본다. 의아한 분위기가 영화 장면처럼 펼쳐진다. 정지된 몸짓들이 몇십 초 이어진다. 신기한 적막에 모두 숨조차 멈춘다. 그리고 적막 속에 아기만 나를 쳐다보며 방실방실 웃는다. 아기 웃음은 정겹고 따뜻하다. 처음 보는 매우 깨끗한 웃음이다. 깨끗한 웃음에 마음이 떨린다. 눈을 돌릴 수 없다. 웃을 때마다 혹한을 이

겨낸 개나리 꽃잎들이 환하게 날아다니는 듯하다. 개나리 꽃잎들이 내 마음속으로 스며들어 묵은 때를 씻어내는 듯하다. 마음속에서 알 수 없는 전율을 느낀다. 처음 느끼는 전율에 손가락들이 파르르 떨린다. 떨림은 온몸으로 퍼진다. 코끝에서 찡하게 울린다. 순간 현기증이 나더니 머릿속이 하얗게 변한다. 나도 저렇게 깨끗하고 따뜻하게 웃은 적이 있을까? 적막 속에 가슴을 찌르는 의문이 순간적으로 스친다. 가슴이 뭉클해지며 눈물이 핑 돈다. 기억할 수 있는 과거로부터 처음 눈물이 고인다. 눈물에 대한 거부는 내 욕망이었다. 왜 울지? 뜻밖의 의문에 스스로 당황스럽다. 고개를 돌리고 급하게 눈물을 참는다. 가족들은 모르리라고 생각하면서. 그때 처제가 날카롭게 묻는다.

"형부 눈에 뭐 들어갔어?"

처제의 물음은 내 자존심을 무너뜨린다. "응"이라고 쉽게 대답한다. 눈가가 촉촉이 젖는 느낌은 기억에 없는 몸의 반응이다. 그러나 더 많이 눈물이 고인다. 화장실로 가서 눈물을 닦았지만 소용이 없다. 마냥 눈물이 흐른다. 눈이 고장 났나 싶은 엉뚱한 의문조차 든다. 겨우 눈물을 참고 거실로 나온다. 흐릿한 시야 속에 아기 웃음만 뚜렷하게 방실거린다. 아기는 뭔가를 안다는 듯이 더욱 따뜻하게 웃는다. 아기 웃음이 점점 커진다. 막내딸이 의아한 듯 아기를 바라본다.

"애가 왜 이래? 조금 전까지 막무가내로 울더니 외할아버지를 보자마자 방실방실 웃네."

"참 얄궂다. 제 외할머니를 닮았나? 그렇게 무뚝뚝하고 냉정하며 못된 남편을 바보처럼 웃으면서 졸졸 따라다니며 내조하더니만."

처형이 노골적으로 핀잔을 준다. 적막이 깨지자 막내딸이 아기를 나에게 덥석 건넨다. 자식조차 한 번도 안아본 적 없는 나에게 아기가 덥석 안긴다. 얼떨결에 아기를 품었지만 아기는 편한지 마냥 웃기만 한다. 식구들이 의아하고 신기한 듯 우리를 쳐다본다. 아기가 방실거리며 나를 쳐다보더니 오른손으로 내 머리카락을 확 잡아당기고 헝클어뜨린다. 왼손으로는 내 코를 잡더니 볼과 눈을 문지르고 꼬집는다. 내 얼굴과 머리가 엉망이 됐다. 아기는 마냥 좋다는 듯 깔깔 웃는다. 식구들은 깜짝 놀라서 우두커니 서 있기만 하고, 막내딸이 당황스러워하며 아기를 나랑 떼어놓으려 한다. 아기의 장난스러운 손짓은 웃으면서 계속된다. 나는 막내딸을 말린다. 정신없다. 하지만 아기를 빼앗기기 싫어서 꼬옥 껴안는다. 아기 웃음이 커질수록 손짓도 커져간다. 가슴이 뭉클하다. 알 수 없는 블랙홀로 빠지는 듯 한없이 몸과 마음이 무너진다. 식구들은 한 편의 연극을 긴장 속에 관람하듯 나와 아기를 지켜보고 있다. 아기의 웃음은 맑다. 아기의 웃음이 가슴을 계속 통통 친다. 아기의 손짓은 멈추지 않고 아기는 재미있어한다. 어째야 할 줄 모를 정도로 당황스럽다. 아기의 손짓은 참기 힘들기도 했지만 처음으로 정겨움을 느낀다. 알 수 없는 눈물이 고인다. 그때 외손자가 큰소리로 외친다.

"할아버지가 아기에게 지고 있네."

가족들이 고개를 갸우뚱거리며 나와 아기를 요리조리 살핀다.

"참 별일도 다 있어. 너희들도 안아주지 않던 제부가 외손녀에게는 어쩔 줄 몰라하네."

처형이 신기한 듯 한마디 던진다.

"손자들이나 외손자, 손녀들도 한 번도 안아준 적 없어요."

큰딸도 별일이라는 듯 말을 한다. 식구들 몰래 고인 눈물을 아기 옷에 닦는다. 웃음을 머금고 장난치는 아기 눈동자가 기억 속에서 가물거리는 아내의 눈동자와 겹친다. 아기 눈동자가 아내 눈동자를 닮았다. 가슴 깊숙이 봉인된 기억이 아기 눈동자를 보는 순간 되살아난다. 아기 눈웃음에 아내가 어렴풋이 보인다. 젊은 시절 아내 눈동자는 포근했다. 회사 일로 스트레스가 쌓이면 아내의 눈동자를 은근히 보곤 했다. 살짝 눈웃음에 스트레스로 굳어진 마음이 사르르 녹았다. 젊은 날의 행복이었다. 언제부턴가 아내 눈동자를 기억 속에서 잃어버렸다. 잃은 줄도 모른 채 세월을 관통했다. 회사가 커갈수록 집에 머무는 시간은 적어졌다. 건설 수주를 따내기 위해 돌아다녔다. 그러는 동안 나도 회사도 사회에 한몫을 했다. 아기는 깔깔 웃으면서 계속 장난을 친다. 나도 모르게 아기 웃음을 따라 깔깔거린다. 또 한 번 식구들이 반전의 연극을 보는 듯 깜짝 놀라며 바라본다.

"무슨 일이야?"

처형이 이상하다는 듯 계속 혀를 찬다. 눈물이 고이며 웃음이 절로 터져 나온다. 아가의 손은 따뜻하고 정겹다. 모처럼 느끼는 온기는 가슴 깊이 뭉클하다. 아기 눈동자 속에 비친 아내가 반갑다. 반가움은 웃음으로 터진다. 스스로 이상하다고 느끼지만 웃음과 눈물을 멈출 수 없다. 아기는 즐겁게 재롱을 부린다.

"참 잘됐네. 점심때까지 아버지가 주연이를 봐줘요."

식구들 눈동자는 호기심으로 가득 찬다.

"알겠다."

너무 쉽게 나오는 대답에 식구들은 이해할 수 없다는 묘한 표정을 짓는다. 나는 아기를 서재로 데려간다. 뒤에서 막내딸이 기분 좋은 목소리로 한마디 한다.

"삼십 분 후 기저귀를 봐야 해요."

서재로 들어가자 아기는 두리번거리더니 내려달라고 발버둥 친다. 아기를 서재 바닥에 내리자마자 구석구석을 신나게 기어 다닌다. 응접 테이블 위에 가지런히 정돈된 명함꽂이나 청동 재떨이, 볼펜이나 사인펜, 메모지함 등을 바닥에 내동댕이친다. 한 개씩 던질 때마다 기분 좋게 깔깔거리며 나를 쳐다본다. 깔깔거릴 때마다 입안에서 아래위 여섯 개의 유절치들이 반짝인다. 그리움이 밀려오는 아기의 모습이다. 초등학교 시절 기억이 환하게 되살아난다. 어머니의 입안에도 여섯 개의 절치만 있었다. 오십대 초반에 어머니는 급성 당뇨로 치아를 많이 잃어버렸다. 그래도 막내인 나를 볼 때면 텅 빈 입으로 웃음을 지어 보였다. 나는 웃는 엄마가 싫었다. 어머니가 웃을 때마다 텅 빈 입안이 환히 보였고, 그 모습이 너무 창피했다. 어려운 살림살이에 쉽게 치과 치료를 받을 수 없었다. 나는 고개를 돌리며 웃는 엄마를 잊으려 애썼다. 고등학교 때 아버지와 큰누나를 졸라 어머니에게 의치를 해줬다. 그 무렵부터 희미하나마 어른이 되면 집안에서 군림하는 폭군이 되어야겠다는 결심을 한 것 같다. 나이 들면서 집안의 폭군이 될 이유는 더 뚜렷해졌다. 어머니는 의치를 장착한 뒤 제대로 사용하지도 못하고 육십대 초반에 세상을 떠났다. 급성 폐렴에 의한 심근경색이었다. 간혹 텅 빈 입으로 정겹게 웃는 어머니가 꿈속에 나타나곤 했다. 악몽인지 길몽인지 깨고 나면 며칠간 몸살을 앓으며 잊으려고 독하게 마음먹었다. 그럴수록 더더욱 집안에서 군림하는 폭군이 되고 싶었다. 아기 입안에서 어머니가 보인다. 하지만 아기 입안은 연분홍색으로 생생하다. 어머니 입안은 암적색으로 시들했다. 어머니는 32개의 치아 중 대부분이 발치되고 위아래 전치만 남았다. 더 이상 치아가 붕출할 수 없었다. 어머니 입안은 절망이었다. 아기의 입안에는 앞으로 15개의 유치가 더 생길 것이고 또한 32개의 치아가 자라면서 생겨날 것이다. 아기 입안은 희망으로 가득 찬 웃음뿐이다. 난 절망이 싫었다. 절망이 싫어서 독하게 폭군이 됐다.

아기는 무엇이든 손에 잡히면 집어 던진다. 그러고는 통쾌하게 깔깔거린다. 책이든 명함곽이든 상패든 던질 때마다 내 마음이 후련하다. 폭군의 성은 아기에 의해 서서히 무너진다. 폭군의 성은 엉망진창이 됐다. 십오 년 만에 아기는 내 철옹성을 정복했다. 억울하지도 않고, 당황스럽지도 않다. 화조차 나지 않는다. 마음속에서 해방감을 느낀다. 무너져 내리는 철옹성을 보며 '왜 쓸데없이 이 서재를 지키려고 애썼을까?' 하는 생각이 든다. 후련해진 마음에 뜨거운 열기가 솟구치며 눈물이 쏟아진다. 아기가 웃으면서 철옹성을 무너뜨리는 동안 나는 고개를 숙이고 흐느낀다. 패배의 눈물은 아니다. 해방의 눈물이다. 아기 기저귀를 갈려고 막내딸이 서재 문을 열자마자 소스라치게 놀란다. 식구들이 막내딸 비명에 우르르 서재로 몰려온다. 식구들 표정이 놀라움으로 가득 찬다.

"괜찮아. 내가 나중에 치우면 돼."

눈물을 몰래 훔치며 아무렇지 않게 대답한다. 순간 긴장과 어둠으로 가득 찼던 연극 무대가 가족의 웃음으로 멋지게 마무리된다. 그들의 웃음 속에는 뜻밖의 반전에 대한 허탈감도 섞여 있다. 아기의 웃음은 계속 서재를 가득 채운다.

온 식구가 떠들썩하던 아파트에 나와 아기만 남았다. 하지만 집 안은 조용하지 않다. 아기가 여전히 깔깔거리며 웃고 있다. 식구들은 점심을 먹은 후 아들 내외가 오자 아내의 수목원으로 떠났다. 아들은 단호하게, 아직도 풀리지 않은 원망과 증오로 말했다.

"아버지는 오지 마세요. 어머니 볼 자격이 없어요."

아들의 말에 섭섭하지도, 화가 나지도 않았다. 오히려 홀가분하게 면죄를 당한 기분이었다. 낮은 목소리로 그러마고 대답했다. 내 대답에 긴장하고 있던 가족들이 깜짝 놀랐다. 가족들은 한바탕 소란이 일어날 줄 알았던 것이다. 삼 년 전 아내는 불의의 교통사고로 식물인간이 됐다. 사고가 나던 날 나는 아들과 함께 아파트 건설 현장으로 가는 길이었다. 사십대로 접어든 아들에게 회사 경영에 대해 혹독하게 가르칠 생각이었다. 그런데 하필 그날 깜빡 잊고 핸드폰을 집에 둔 채 회사에 출근했다. 언제나 내 경영 방식에 불만인 아들은 굳이 그날 아파트 건설 현장까지 갈 필요가 있냐며 투덜댔다. 나는 시키는 대로 하라며 아들을 윽박질렀다. 그리고 아내에게 연락해 아파트 건설 현장으로 핸드폰을 가져오라고 명령했다. 아내는 언제나처럼 조용하고 잔잔하게 "알겠어요"라고 대답했다. 아파트 건설 현장으로 오는 시외 국도에서 5중 추돌사고가 났다. 컨테이너를 실은 트레일러가 일으킨 교통사고였다. 아내가 몰던 차가 가장 피해가 컸다. 그 사고로 아내는 일 년간 식물인간처럼 병원 생활을 하다가 이 년 전 5월에 64세의 나이로 세상을 떠났다. 나에 대한 아들의 원망과 증오는 대단했다. 나를 피의자 취급했고 기본적인 부자 관계조차 거부했다. 아내가 자식들에게 아버지는 잘못이 없다고, 아버지를 잘 보살펴드리라고 유언을 남겼지만 자식들은 나를 외면했다. 그날 굳이 아파트 현장에 갈 필요가 있었나? 굳이, 꼭, 어머니에게 핸드폰을 가져오라고 심부름을 시켜야 했었나?

살아오면서 '굳이'나 '꼭'이라는 말을 주위 사람들로부터 많이 들었다. 나는 그런 말을 들을 때마다 대수롭지 않게 한 귀로 흘려버렸다. 사람들이 '굳이'나 '꼭'이라고 말할 때마다 이를 악물며 피눈물을 흘리고 있는 줄 몰랐다. 그들의 눈물에는 원망과 절망이 맺혀 있었지만 나는 냉정하게 외면했다. 이만한 일에 지지리도 못났다며, 속으로 비웃었다. 그들의 피눈물이 지금의 나를 만들었다. 나를 위해서는 '굳이'나 '꼭'이라는 말을 들어야 했다. 그런 말을 들을 때마다 폭군으로서의 위엄이 점점 더 높아졌다. 그들의 피눈물은 나를 위한 희생이었다. '꼭 그렇게 했어야 했나?' 그렇게 하지 않았다면 지금의 나는 있을 수 없었다. 철우의 피눈물도 봤고, 전 회장의 몰락도 봤으며, 건설 현장에서의 많은 죽음들도 봤다. 그런 말을 들으며 냉정하게 폭군으로서의 위엄과 명성을 즐겼다. 그 말을 마지막으로 듣게 된 것이 아들의 입에서였다. 아들은 피눈물 흘리며 나를 외면했다. 하지만 나는 오히려 준엄하게 아들을 꾸짖었다. 건설업계를 모르는 마음 약한 놈이라고. 그러면서 꼭 그렇게 해야 한다고, 굳이 그렇게 하지 않으면 네 앞날이 컴컴해진다고, 속으로 독하게 다짐하곤 했다.

아기는 지칠 줄 모르고 깔깔거리며 거실을 기어 다닌다. 막내딸이 수목원에 가기 전 상세하게 메모까지 하면서 아기 보살피는 법을 알려줬다. 삼십 분마다 기저귀를 확인한 뒤 어떻게 기저귀를 갈아야 하는지, 언제 우유와 이유식을 먹여야 하는지를 꼼꼼하게 설명했다. 수목원에 가려고 아기를 챙길 때 아기가 또 칭얼거리며 발버둥 쳤다. 그러면서 나를 보며 두 손을 벌리고 나에게 오려고 칭얼거렸다. 식구들이 또 한 번 신기한 듯 놀랐다. 내가 아기를 품에 안자 아기는 또 웃기 시작했다. 내가 아기와 함께 있겠다고 하니 다들 놀라움과 함께 걱정 어린 표정들이었다. 넓은 집에 나와 아기뿐이지만 따스한 온기가 넘친다. 그간 느껴왔던 적막은 없다. 외로움이 사라졌다. 나는 어머니와 아내랑 함께 있는 듯하다. 아기가 거실을 돌아다니며 웃을 때마다 아기 눈동자 속에서 아내가 보인다. 함박웃음으로 드러난 아기의 입안에서 어머니가 보인다. 가슴 깊숙이 봉인됐던 그리움이 뜨겁게 눈물로 흘러내린다. 아내와 어머니의 웃음은 나에게 언제나 따스함을 줬다. 내가 투정을 부려도, 화를 내도, 막무가내로 고집을 부려도 아내와 어머니는 웃어줬다. 어릴 적 형이나 누나가 나를 윽박지를 때도 어머니는 내 편이었다.

"얘가 우리 거 다 빼앗아 먹어!"

"막내니까 너희들이 사랑스럽게 보살피렴."

어머니는 형에게 야단맞는 나를 품에 꼭 껴안았다. 자라나면서 주위 사람들이나 친척들이 나를 나무랄 때도 어머니는 나를 따스하게 보호해줬다.

"막내 녀석이 너무 욕심 많고 자기만 알아. 똑똑하긴 한데 말이야. 심성 좋게 커야 하는데 성질이 고약해."

다들 이렇게 걱정 어린 소리를 할 때도 어머니는 나를 옹호하고 지켜주었다. 어머니의 품은 따뜻했다. 갑자기 아기를 품고 싶다. 자기만 한 판다 인형과 장난치는 아기는 마냥 즐겁다. 아기가 한없이 사랑스럽다. 아기를 품에 꼭 껴안는다. 아기는 울지 않고 내 품에 안긴다. 내 품에 쏙 들어온다. 따뜻하다. 아기 온기가 내 가슴을 뭉클하게 한다. 그리움이 눈물로 쏟아진다. 아기는 점점 커지며 마침내 어머니로 변해 텅 빈 입으로 활짝 웃으며 나를 달랜다. 어머니가 내 머리와 가슴을 사랑스럽게 쓰다듬는다.

"많이 울어. 가슴 깊숙이 뭉쳤던 독기를 쏟아내."

"어머니, 어머니. 내가 뭘 잘못했죠?"

펑펑 울면서 어머니에게 애타게 하소연한다.

"넌 잘못 없어. 어려운 시대에 태어났고, 너 자신을 위해 열심히 살아왔어. 울지 마."

어머니의 손길은 내 얼굴을 보드랍게 더듬으며 눈물을 닦는다. 아기 손길이 어머니 손길과 닮았다. 어머니 손길 따라 또 다른 손길이 내 등을 쓰다듬는다. 재롱부리며 웃는 아기 눈동자에서 아내를 봤다. 내 등을 부드럽게 쓰다듬는 아내의 손길이다. 따스한 웃음이 담긴 아내 눈동자가 나를 쳐다본다. 가슴이 뭉클하며 눈물이 펑펑 흘러내린다. 엉엉, 목 깊숙이에서 눈물 터지는 소리가 난다. 그리웠던 아내 웃음이다. 아내는 함박웃음을 짓는다. 따스하게 말을 건넨다.

"당신은 이 년 전 오늘 나를 떠나보냈지만, 나는 여전히 당신을 떠나지 않았어요. 당신 마음에 꼭 숨어 있었어요. 당신의 독기가 사라지면 나타나려 했어요."

아내가 웃으면서 내 가슴을 열고 깊숙이 스며든다. 시커멓게 타들어간 내 가슴을 따스한 손길로 찬찬히 깨끗하게 씻는다. 그리고 속삭인다.

"우리 젊은 시절 서로 얼마나 따스하게 웃으며 사랑했는지 기억나요?"

"그래, 맞아."

"난 친정 가족들에게 타박 많이 받았죠. 왜 당신처럼 폭군 같은 남자를 사랑하는지. 결혼도 반대했지만 결혼 후에도 주위에서 걱정이 많았어요. 그래도 나만이 알고 있는 당신의 따뜻하고 깨끗한 눈동자를 사랑했어요."

아내의 손길은 내 볼과 코를 귀엽다는 듯 꼬집는다.

"언제부터인가, 정확하게 절친인 철우를 배신한 후부터 당신의 눈동자는 충혈되고 시커멓게 변색되기 시작했어요."

기억을 되살리라는 듯 다시 나의 볼과 코를 비튼다. 삼십대 초 젊은 시절 나는 절박했다. 과장 진급을 위해 함께 입사한 절친을 배신했다. 그때부터 주위의 모든 사람들이 못나고 어리석게 보였다. 똑똑하다고 자부하는 머릿속에서 온갖 음모와 계략이 회오리쳤다. 계략대로 앞날이 탄탄대로처럼 펼쳐졌으며 사십대 중반에 비로소 폭군의 왕좌에 오르게 됐다.

"나는 당신의 깨끗한 눈동자와 환한 웃음을 찾아주고 싶었어요. 그러나 당신은 나를 외면하고 점점 더 어둡고 충혈된 눈동자에 웃음 잃은 석고상 표정으로 변하더군요. 당신이 불쌍하고 안타까웠죠."

아내는 깔깔 웃으며 힘껏 내 코를 비튼다. 코끝이 찡하며 눈동자가 울컥하다. 나도 모르게 "미안, 미안. 내가 잘못했어" 하며 다시 펑펑 운다. 아내는 나를 덥석 껴안으며 내 머리를 쓰다듬는다. 아내의 함박웃음이 개나리 꽃잎처럼 휘날린다. 외롭지 않다. 아내와 어머니가 나를 포옹한다. 두 사람과 함께 편하게 잠들 수 있을 거 같다. 어머니의 자장가가 귓속으로 스며든다. 함께 단잠 속으로 빠진다. 몇 초인지, 몇 분인지, 몇 시간인지 모르겠다. 아니면 천년을 뛰어넘은 새날일 수도 있다. 온몸이 새롭게 태어나는 단잠이다. 어머니도 아내도 함께 새근새근 편안하고 달콤하게 잠든다. 눈을 떴을 때 환하게 햇빛이 온 거실을 비췄고 아기는 깔깔 웃으며 내 머리카락을 만지작거리고 있다. 여전히 아기 얼굴에서 어머니와 아내가 보인다. 아기가 내 손을 잡고 기어 다닌다. 나도 아기 손에 이끌려 엉금엉금 긴다. 아내가 웃으며 꾸짖는다.

"그때 꼭 당신 눈이 시커멓게 변할 정도로 전 회장을 회사에서 쫓아내야 했나요? 당신도 잘 알고 있지만, 전 회장은 내 친구 남편이었고 당신을 사회에서 이끌어준 은인이었어요. 전 회장의 피눈물을 보지 못했어요?"

전 회장의 피눈물은 나에게 하찮은 것이었다. 아내의 손길이 내 머리카락을 당겼으며 재미있다고 깔깔거린다.

"미안해요. 미안해요."

나도 모르게 펑펑 울면서 또다시 몇 번씩 반복하며 아내에게 용서를 구한다. 처음으로 가슴 깊숙이에서 솟구치는 피눈물이다. 갑자기 철우와 전 회장, 그리고 나로 인해 희생된 사람들이 눈앞에 소용돌이치며 나타난다. 나를 윽박지르며 매몰차게 몰아붙인다. 포악하고 매정한 놈이라고. 피눈물은 나에 대한 저주다. 아내가 그들을 달랜다. 용서해달라고. 아내가 내 피눈물을 닦는다. 엉금엉금, 아기 따라서 온 집 안을 기어 다닌다. 하지만 행복하다. 외롭지 않다. 포근하다. 아기 따라 마냥 기어 다니고 싶다. 햇살에 잠긴 온 집 안이 아름답게 펼쳐진다. 아기가 안방으로 나를 이끈다. 아내가 떠난 후 이년 만에 처음 안방에 들어온다. 아내가 옷장에서 장미무늬 원피스를 꺼내 입는다. 어머니가 연두색 저고리와 분홍색 치마를 입는다. 그들은 울고 있는 나를 일으켜 세우며 같이 춤추자고 한다. 함께 손을 잡고 햇살 속에서 덩실덩실 춤을 춘다. 까르륵까르륵 아기 웃음은 햇살 속에서 마냥 퍼진다. 나는 웃었다 울었다 하면서 아내와 어머니랑 안방에서 끝날 것 같지 않은 춤을 춘다.

쉽게 말할 수 없는 꿈같은 시간이다. 아기와 나는 시간이 흐르는 것을 느낄 수 없다. 아내와 어머니랑 함께 나누는 대화는 나를 극도의 도파민 상태로 만든다. 밖이 어두워지고 있는지도 몰랐다. '딩동', 벨이 울리며 현관문이 열린다. 식구들이 훈풍을 몰고 우르르 밀어닥친다. 발소리는 경쾌하다. 먼저 막내딸이 안방으로 쑥 들어온다. 나는 아기 재롱을 따라 하고 있다. 까꿍까꿍, 아기는 나에게 재롱을 부린다. 나도 아기를 따라서 까꿍까꿍 재롱을 부린다. 막내딸이 말을 잃고 눈을 크게 뜨며 우리를 쳐다본다. 뒤따라온 식구들이 모두 동작을 멈춘다. 반전의 연극이 끝나지 않았음을 그들도 깨닫는다. 나는 아기 재롱을 따라 하느라 그들의 시선은 안중에도 없다.

"웬일이냐? 도대체 무슨 일이야?"

믿을 수 없다며 처형이 묻고 또 묻는다.

"아버지가 없어졌어."

아들이 놀란 듯 사방을 두리번거린다.

"수목원에서 엄마를 만나지 못했지? 엄마는 나와 함께 있었단다."

나는 함박웃음을 지으며 그들을 바라본다.

"아버지가 노망들었어."

"형부가 치매에 걸렸어."

처제와 큰딸이 함께 비명을 지른다. 아내는 여전히 내 손을 이끌고 재롱을 부린다. 아들이 벽걸이 거울을 가져온다. 나에게 거울을 보인다. 독기로 치켜 올라갔던 눈초리가 사라졌다. 탐욕으로 굳어졌던 얼굴근육이 풀어졌다. 거울 속에 어릴 적 내가 보인다. 애타게 그리워했던 얼굴이 보인다. 희멀겋고 둥글둥글한 얼굴과 함박웃음 가득한 눈동자에 웃음 짓는 빨간 입술, 가지런한 치아들. 아직 눈가에 촉촉하게 눈물이 젖어 있다. 아들이 갑자기 웃으며 말한다.

"아버지가 많이 울었구나. 그래서 얼굴이 퉁퉁 부풀었어. 왜 울었지?"

가족들 얼굴을 찬찬히 둘러본다. 그들의 얼굴에 아내가 보이고 어머니가 보인다. 반갑다. 나 혼자가 아니다. 막내딸이 웃으며 안도의 한숨을 쉰다. 아기 엉덩이에서 냄새를 맡는다. 이상한 듯 고개를 갸우뚱거린다.

"기저귀가 깨끗해. 벌써 두 번 정도 갈았어야 했는데."

아직 나와 아기의 재롱잔치는 끝나지 않았다. 가족들 시선은 아랑곳하지 않고 아기와 나는 깔깔거리며 안방을 춤추고 돌아다닌다. 가족들은 관객으로 웃기만 한다.

아기가 엄마 품에 안겨 떠난다. 외할아버지 얼굴이 눈물에 서려 있다. 아기는 외할아버지를 향해 칭얼거린다. 가족들은 계속 이상한 장면을 보고 있는 듯한 표정이다. 연극은 이미 끝났다고 생각했는데 외할아버지 눈가가 벌써 아기에 대한 그리움으로 흠뻑 젖어 있다. 어머니도 아내도 떠나는 시간이 무섭다. 가족들은 그들의 아버지를, 제부를, 형부를 이방인처럼 보며 계속 고개를 갸우뚱거린다. 울컥거리는 가슴을 짓누르며 외할아버지가 겨우 내뱉는다.

"오늘 자고 가면 안 되냐?"

모두 연극무대에 함께 서 있듯이 경악한 표정으로 주인공을 본다. 동시에 모두 고개를 설레설레 흔든다.

"저 얼굴은 내가 처음이자 마지막으로 네 아버지 결혼식 때 본 얼굴이야. 기쁨에 들뜬 순진무구한 표정이야. 아기 같은 얼굴이었어."

주인공의 처형이 놀란 목소리로 외친다.

"누구든지 자고 가면 안 돼?"

다시 한번 무겁고 간절하게 말을 한다. 아기는 외할아버지를 보며 점점 더 칭얼거린다. 모두 안됐다는 듯 주인공을 힐끗 한번 보고 부드럽게 "편히 주무세요"라며 마지막 인사를 하고 집을 떠난다.

문이 닫히자 외할아버지가 현관에 주저앉으며 목 놓아 운다.

문 앞에서 아기 울음이 하늘을 찌른다.

N번째 살인미수 사건

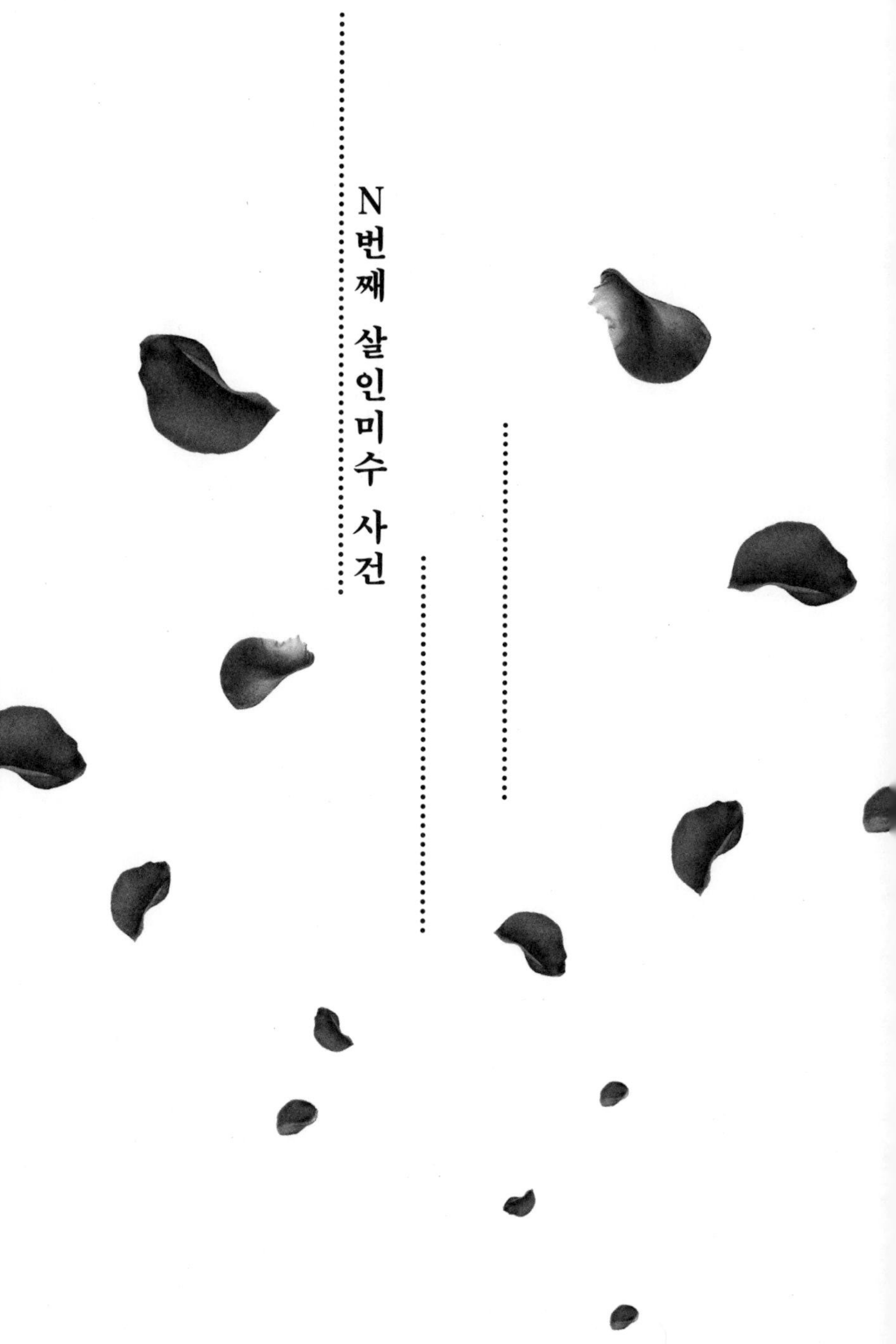

1

놈을 죽여야 한다. 크리스마스이브 아침이다. 며칠 전부터 캐럴과 찬송가가 거리마다 넘쳤다. '벌써 캐럴이 흘러나오네. 한 해가 벌써 넘어간다.' 한 해가 넘어가는 것을 느끼게 되는 노래다. 왠지 가슴이 찡하다. 연례 행사처럼 캐럴과 찬송가를 들으면서 놈을 몇 번씩이나 죽이려 했으나 실패했다. 가슴 치며 자괴감으로 괴로워했다. 언제나처럼 크리스마스이브에도 이기대 아침 산책을 한다. 칼바람은 하늘, 땅 그리고 바다를 휘젓는다. 나를 혹한의 공포로 몰아붙인다. 칼바람 맞으며 온몸은 살얼음 속으로 빠져드는 것 같다. 갯바위에 굉음을 쏟아내는 파도가 거칠다. 갯바위에 부딪히는 파도의 흰 포말은 나를 잡아먹으려 달려드는 야수의 혀 같다. 한 발자국, 한 발자국 야수 같은 파도를 피하면서 굉음과 칼바람을 뚫고 바위를 걷는다. 나는 칼바람을 느끼고, 굉음을 듣고, 야수 같은 파도를 본다. 건너편 해운대 초고층 빌딩들이 칼바람과 야수 같은 파도에 무너져 내리는 듯하다. 광안대교도 휘청거리는 듯하다. 칼바람이 저승사자처럼 휘몰아친다.

그때 카카오톡 문자음이 울린다. 서울에 사는 초등학교 동창 석이가 보내온 동영상이다. 삼 년 전부터 소식이 없어 궁금했던 석이다. 반갑다. 급하게 동영상을 튼다. 헨델의 오라토리오 「메시아」 작품번호 56 합창곡 '할렐루야'다. 웅장하고 장엄하며 성스러운 합창곡이다. 삭풍을 뚫고 합창곡은 힘차게 퍼진다. 굉음도 합창 속으로 스며든다. 합창단원들이 가슴을 울리는 연출을 했다. 저승사자 같은 삭풍도 합창의 온기에 부드러워진다. 나도 합창을 함께 부르며 힘차게 바위 위를 뛰어다닌다. 겨울 하늘에 석이의 어릴 적 천진한 웃음이 아른거린다. 우리는 천진난만하게 다대포 해수욕장에서 물장구치며 놀았다. 수평선에 노을이 드리워질 때까지 우리 웃음은 끝나지 않았다. 옛 친구에 대한 그리움이 솟구친다. 그러자 눈물이 터진다. 노래를 높이 부르며 뜨거운 눈물을 흘린다.

그때 나를 괴롭히고 웃음을 빼앗아간 놈이 갑자기 나타난다. 후회하며 한 해를 넘기고 싶지 않다. 놈은 계속 미련이 남는지 나를 힐끗힐끗 쳐다본다. 놈은 언제나 뻔뻔스러웠다. 내 눈초리가 비장해지자 체념한 듯 징그럽게 웃는다. 할렐루야, 할렐루야, 나는 함께 노래를 합창하며 주먹을 불끈 쥔다. 야수 같은 파도가 놈을 기다리고 있다. 합창곡이 클라이맥스를 향해 치달을 때 나는 목이 터져라 함께 노래를 부르며 놈의 멱살을 힘껏 잡는다. 놈은 의외로 반항하지 않는다. 얌전하게 눈을 감고 있다. 놈을 야수 같은 파도로 힘껏 밀어 넣는다. 놈은 굉음을 쏟아내는 파도 속으로 허우적거리며 사라진다. 합창곡이 끝나는 순간 내 주변이 숙연해진다. 잠시 굉음도 사라지고, 삭풍도 잔잔해진다. 어깨가 홀가분해진 나는 삭풍 속으로 조용히 스며든다. 발걸음이 산뜻하다. 가볍게 아침 산책을 마치고 집으로 돌아간다. 아내가 내 얼굴을 웃으면서 바라본다.

"놈을 또 죽였군요. 당분간 마음이 편하겠어요."

아내는 이미 알고 있었다는 듯 토마토 주스를 내게 건네며 말한다. 지난번에도 내 표정을 보고 이미 놈을 살해한 것을 알아차렸다.

"그녀만 나타나지 않으면 놈도 다시 살아나지 않을 텐데요. 쯧쯧쯧."

걱정 어린 말이었지만 행복한 웃음이 아내 얼굴에 가득하다.

"할 수 없지. 그녀는 반드시 나타날 것이고, 그때 또 놈을 살해해야지."

나는 이제 한 해를 무사히 마무리했다고 생각하며, 크리스

마스를 즐겁게 맞이한다.

2

'와장창, 쨍.'

놈이 괴성을 지르며 커다란 벽면 거울에 크리스털 재떨이를 던졌다. 벽면 거울이 와장창 깨지며 거울 조각들이 폭설처럼 거실로 퍼졌다. 놈은 퍼지는 거울 조각을 맞고 괴성을 지르며 발광을 부렸다. 놈은 괴물로 변했다. 아들은 거실 구석에 움츠린 채 벌벌 떨면서 놈을 쳐다봤다. 아내도 나도 없었다. 그녀와 놈만이 거실에서 서로 으르렁거렸다. 그녀도 놈에게 패악을 부렸다. 그녀는 울부짖으며 탁자에 놓여 있던 책들을 놈에게 던졌다. 거실은 결전의 아수라장 같았다. 거울 조각은 거실 바닥에서 음흉하게 번쩍거렸다. 아늑한 집이 아니었다. 아들이 더 이상 참지 못하고 그만하라고, 제발 그만하라고 울부짖었다. 아들도 놈과 그녀처럼 괴물로 변했다. 그녀가 괴물로 변한 아들을 보고 놀랐다. 놀란 그녀가 사라졌다. 그리고 아내가 나타났다. 깜짝 놀란 아내가 아들을 부둥켜안았다. 둘은 부둥켜안은 채 울었다. 아수라장이 울음으로 가득 찼다. 놈은 두 사람 울음에 발광을 멈췄다. 놈도 뒷걸음치며 사라졌다. 거실은 엉망진창이었다. 나는 부둥켜안은 채 울고 있는 아내와 아들을 멍하게 쳐다봤다. 순간 사라진 놈을 죽이고 싶었다. 두 사람의 울음은 나를 나락으로 빠뜨렸다. 두 사람은 나를 아랑곳 않고 안방으로 들어갔다. 나는 날카롭게 반짝이는 거울 조각 위를 걸었다. 핏물이 선명하게 거울 조각과 거실 바닥에 퍼졌다. 핏물이 묻은 거울 조각 속에서 놈이 야차처럼 웃고 있었다. 아픔을 느낄 틈이 없이 놈을 잡으러 헤맸다. 놈은 피 묻은 거울 조각 속으로 비굴하게 웃으며 숨어 다녔다. 잠시 후 아내가 훌쩍이며 안방에서 나와 빗자루로 거울 조각들을 쓸어 모았다. 아들의 울음은 잠잠해졌다. 거울 조각에 숨었던 놈은 아내의 빗자루질을 따라 쓰레기통 속으로 사라졌다. 놈을 놓친 자책감에 가슴이 콕콕 쑤셨다. 울음을 멈춘 아내가 붕대와 연고를 나에게 건네줬다. 눈을 돌린 채. 나는 그녀가 어디 갔냐고 묻지 않았다. 아들이 어떻냐고도 물을 수 없었다. 조용하게 밤이 지나고 아침이 오길 기다려야 했다. 아내의 얼굴을 피해 슬그머니 문간방으로 들어갔다. 밤새 뒤척이며 놈이 언제쯤 왜 나타났는지 머릿속으로 추적했다. 두통만 심할 뿐 알아낼 수 없었다.

새벽녘 잠시 새우잠을 잔 후 깼다. 몸을 뒤척이며 창살로 들어온 가을 아침 햇살을 실눈으로 바라봤다. 잔잔하고 아름다웠다. 두통은 심했지만 아침 공기는 햇살 속에 상쾌했다. 나를 느낄 수 있는 아침이었다. 거실로 나오자 아내가 보였다. 아침 햇살 속에서 아내는 흐느끼고 있었다. 아내 곁 아침 햇살은 싸늘했다. 아들은 방에서 보이지 않았다. 아내는 흐느끼며 아들이 남겨놓은 쪽지를 건넸다. 집을 나간다는 말이 쓰여 있었다.

'놈을 죽여야 했는데……'

후회가 휘몰아쳤다. 놈은 사라졌다. 도저히 찾을 수 없다. 아내의 슬픈 눈빛이 나를 나락으로 빠뜨렸다. 아내의 흐느낌이 들렸고, 눈물이 보였으며, 아픈 가슴이 느껴졌다. 나는 어젯밤 놈을 찾고 싶었다. 놈은 뻔뻔하게 사라졌다. 아내 곁에 그녀는 없었다. 다행이다. 아들의 마음이 내 가슴속에서 느껴졌다. 왜 그동안 아들이 보이지 않았지? 아들 앞에는 놈만이 얼쩡거렸고 아들을 괴롭히며 협박했다. 아내가 긴 한숨 끝에 내 손을 잡았다. 손끝에 온기가 느껴졌다. 눈물을 흘리며 서로를 바라봤다.

"아들이 보일 거예요. 마음으로 아들을 받아들이세요. 놈에게 아들을 맡기지 말고 아들이 원하는 예술대학에 보내세요."

아내가 뚜렷하게 보였고 나는 고개를 끄덕였다.

"우리 결혼기념일에 기타 치며 축하 노래 불러주던 아들이 기억 안 나요?"

아내가 흐느끼며 내 기억을 되살렸다. 삼 년 전 기타 치며 축하 노래를 부를 때 아들은 행복하고 사랑스런 얼굴이었다. 그때 나는 기타 소리에 빠져들며 아들을 대견스러워했다. 아들이 음악에 재능 있다는 게 놀라웠다. 아들과 나는 잠시 만났었다. 그때 아들이 뚜렷하게 보였다. 아들도 행복하고 사랑스럽게 웃었다. 다음 날, 놈이 다시 나타나서 아들을 전처럼 괴롭혔다. 아들에게 가야 할 길을 가라고 윽박질렀다. 사는 게 그렇게 쉬운 일인 줄 아느냐며 험상궂은 눈으로 아들을 닦달했다. 그때마다 그녀가 나타나서 왜 아들을 윽박지르고 협박하느냐고 따졌다. 놈은 당당하게, 아들을 사랑하기 때문이라고 말했다. 그건 사랑을 빙자한 아집이라며 그녀는 눈을 부릅뜨고 대들었다. 그녀와 놈의 싸움은 거의 매일 계속됐다. 아들은 놈의 횡포에 점점 작은 괴물이 되어갔다. 놈은 아들이 작은 괴물로 변하는 것을 알지 못했다. 놈은 대학시험 날짜가 다가올수록 아들을 더욱 궁지로 몰며 협박했다.

"기타는 취미로 즐기는 거지, 너의 일생을 책임질 수 없어. 세상은 야수들이 우글대는 정글 같은 곳이야. 내 말을 듣지 않으면 더 이상 아들이라 생각하지 않겠어."

아들이 의과대학에 불합격하자 재수를 강요했다. 기타를 창고에 숨겼다. 행복하게 기타 치는 아들은 보이지 않았다. 하루하루 집은 아수라장이 되어갔다. 놈이 워낙 살벌해서 나는 나타날 수 없었다. 아내만 자주 놈에게 눈물로 하소연했다. 아들의 마음을 받아들이라고. 놈이 아내에게 냉소를 짓자 아내 대신 그녀가 나타나서 놈과 험악하게 싸웠다. 대입 원서를 내는 날이었다. 아들은 괴물 같은 모습으로 놈에게 최후의 싸움을 걸었다. 놈은 폭발했으며 온 집안을 아수라장으로 만들었다. 아들은 결국 가출했다. 아내와 나는 당혹스러웠다. 아들이 갈 만한 곳을 이리저리 수소문했지만 찾을 수 없었다. 아내는 놈을 찾아내서 죽여야 한다고, 놈이 죽어야 아들이 나타난다며 나를 닦달했다. 왜 진작 놈을 죽이지 않았느냐고 원망했다. 놈 때문에 온 집안이 엉망진창이 됐다고 했다. 나는 눈물을 흘렸다. 눈물 사이로 어릴 적 아들이 어른거렸다. 재롱부리며 깔깔대던 아들이 보였다. 아들은 놈의 횡포에 그동안 힘든 나날을 보냈다. 놈의 횡포가 너무 심해서 나는 아들을 제대로 볼 수 없었다. 기타 음률에 빠진 아들의 행복한 모습이 보이지 않았다. 놈은 아들을 그의 욕망에 가둬버렸다.

며칠 후 찜질방에서 코로나로 신음하는 아들을 찾았다. 아들은 기진맥진한 상태였다. 나와 아내는 형편없는 아들의 몰골을 보고 가슴이 터지게 울었다. 아들이 보였다. 행복하게 기타 치는 아들의 모습이 그리웠다. 아내가 놈을 수색해서 잡아왔다. 아내는 놈이 숨어 있는 곳을 쉽게 찾았다. 그때마다 나는 아내에게 놀라곤 했다. 놈은 나 모르게 버젓이 활개 치고 다녔다. 늦가을 밤에 앓고 있는 아들 앞에서 놈을 죽였다. 놈은 아내와 그녀의 공격에 내 앞에서 무력한 모습을 보였다. 아내와 그녀 덕분에 쉽게 놈을 죽일 수 있었다. 하지만 아내는 또 언제 놈이 되살아날지 모른다며 걱정스럽게 나를 쳐다봤다.

3

아내는 그녀를 죽이지 않았다. 세월이 흐르면서 아내는 그녀를 온순하게 다루는 법을 알게 됐다. 결혼한 지 삼십 년이 넘으니까 아내와 그녀는 쌍둥이처럼 붙어 다녔다. 큰딸을 임신하기 전까지 그녀도 천방지축이었다. 놈과 그녀는 안하무인이었다. 사랑이라는 허울을 쓰고 세상을 그들만의 것으로 여겼다. 큰딸을 임신하자 그녀는 불안, 초조, 우울증까지 보이며 살쾡이처럼 예민하게 변했다. 그녀에게 몸속 태동은 날벼락 같은 놀라움이었다. 하지만 몸속 태동은 또 다른 그녀를 느끼게 했다. 그녀는 아내이기 이전에 엄마의 기분을 먼저 느꼈다. 불안하고 초조하던 얼굴이 근엄하게 변하곤 했다. 놈은 그녀가 엄마로 변하는 것을 깨닫지 못했다. 여전히 놈은 천방지축으로 행동했다. 아버지를 느끼라고 그녀가 촉구했지만 건성으로 흘려들었다. 결혼 후 그녀는 엄마와 아내로 변신했다. 큰딸을 출산했을 때 아내는 제왕절개를 거부했다. 엄마를 깊게 느끼고 싶다고 했다. 진통은 길었고 심했다. 놈은 잠시 아버지가 무엇인가 의문이 들었다. 놈은 아내의 진통 소리를 들으며 아버지와 남편이라는 게 무엇인지 잠시 생각했다. 하지만 남편과 아버지는 아리송한 말들이었다. 그래도 깊게 생각했다. 살면서 처음으로 느껴지는 남편이나 아버지라는 말은 어색하고 무거웠다. 잠시 어깨가 무거워지는 것을 느꼈다.

아내가 출산 후 뽀얗게 반짝였다. 그녀는 찾아볼 수 없었다. 그녀를 잃어버린 서운함이 느껴졌다. 아기를 안고 있는 아내는 엄마로서 자상했다. 셋째까지 출산하는 동안 아내는 그때그때 변했다. 아이들에게는 엄마로서 충실하게 생활했다. 하지만 놈과 만날 때 그녀는 여전히 앙칼지게 행동했다. 놈과 그녀는 만나면 으르렁거렸다. 그녀와 놈이 싸우는 꼴을 보면 언제 뜨겁게 사랑했는지 모를 지경이었다. 그녀가 간혹 나를 만나게 되면 놈을 죽이라고 엄포를 놨다. 아내는 자주 나를 다독이며 놈을 죽여야 한다고 구슬렸다. 간혹 눈물을 보이기조차 했다. 하지만 나는 삼십대까진 놈을 죽이는 법을 몰랐다. 나는 아버지로 변신했지만 아내만큼 그렇게 행동하지 못했다. 아내와 엄마가 함께 있을 때 그녀는 보이지 않았다. 아내는 그녀를 굳이 죽일 필요가 없었다. 아내는 갱년기 이전까지 그녀를 편안하게 받아들였다. 나는 간혹 힘없이 아내에게 물어봤다. 그녀를 죽이지 않고 아내와 엄마로서 함께 살아갈 수 있냐고. 아내는 살포시 웃으며 아이들이 찬찬(燦燦)히 보이고 내가 초라하게 보일 때 그녀도 온순해진다고 말했다. 하지만 그녀와 놈이 서로 죽이려고 치열하게 싸운 적이 있었다. 장렬한 전투였으며 결국 놈은 전사했다. 놈은 그녀에게 처음 죽임을 당했다. 놈이 주식투자에 빠졌을 때였다. 놈은 삼십대 말이었다. 삼십대 초부터 놈은 아내 몰래 주식에 빠지기 시작했다. 박봉의 월급에 무리하게 주식에 투자했다. 놈은 주식투자 때문에 핑계와 변명이 많아졌다. 은행 대출까지 받으며 놈은 주식에 미쳤다. 아내는 전혀 놈의 음모를 눈치채지 못했다. 아내는 착실하게 주택청약예금을 넣어나갔다. 아내는 엄마로서 알뜰했다. 시간 나는 대로 피아노 레슨을 하여 살림에 보탰다. 그녀는 간혹 피아노를 치며 아내를 잊곤 했다. 피아노 연주를 하면서 그녀는 놈이 이상하다는 것을 느꼈다. 그럭저럭 살림을 꾸려가던 아내는 놈의 이상한 행동들을 떠올렸다. 놈은 그녀에게 이 년간 생활비를 주지 않았다. 생활비는 거의 피아노 레슨비로 충당되고 있었다. 그녀와 아내는 왜 놈을 몰랐을까? 그녀는 놈이 그동안 거짓과 변명만 했다는 걸 깨달았다. 아내는 시댁에 급전이 필요해 은행 대출을 했다는 놈의 말을 믿었었다. 놈의 얼굴은 초췌하고 시커멓게 타들어갔다. 안절부절못하면서 눈동자가 핏대로 충혈됐다. 그녀의 예감은 틀린 적이 없었다. 그녀는 놈을 추적했다. 놈이 주식에 중독된 것을 알았다. 그녀는 야차로 변했다. 은행 대출이 삼억이었다. 놈의 월급은 은행 대출이자로 거의 쓰였다. 그녀는 놈에게 싸움을 걸었다. 싸움은 치열했다. 한 달간 집안은 아수라장이 됐다. 아이들은 매일 울었다. 그녀는 놈을 죽이겠다고 결심했다. 그녀는 놈의 멱살을 잡고 이기대로 끌고 갔다. 놈은 힘껏 저항했지만 야차로 변한 그녀를 이길 수 없었다. 그녀는 나를 찾았지만 나는 그녀 앞에 나설 수 없었다. 그러자 그녀는 독기 품은 눈으로 나를 협박했다. 함께 놈을 죽이지 않으면 바닷속으로 아내를 빠뜨리겠다고. 나는 벌벌 떨면서 놈의 어깨를 잡고 그녀를 도왔다. 그녀는 버둥대는 놈을 두 손으로 힘껏 잡고 시커먼 이기대 바닷속으로 던져 넣었다. 그녀의 힘은 놈도 감당할 수 없을 만큼 엄청났다. 놈은 허우적거리며 이기대 밤바다 속으로 빠졌다. 놈이 바닷속에 빠지는 꼴을 보고 나는 벌벌 떨며 겨우 그녀와 마주할 수 있었다. 그녀는 나를 비겁하다고 힐책했다. 그때 아내가 보였고 아이들이 보였다. 아수라장으로 변한 집구석을 보니 울컥했다. 아내는 나에게 대출금을 상환하라며 2억5천을 줬다. 나는 손이 떨려 그걸 받을 수 없었다. 2억5천에는 아내의 땀이 서려 있었다. 나는 놈 때문에 전셋집을 전전하게 됐다는 것을 깨달았다. 나의 눈에 힘들어하는 아내가, 20여 평 전세 아파트에서 북적대는 아이들이 보였다. 놈 때문에 힘들어하는 가족이 선명하게 내 눈에 새겨졌다. 나는 결심했다. 놈을 죽일 거라고.

4

큰딸 결혼식 전날, 아내는 대견하다는 듯 내 등을 토닥거리며 위로한다. 놈을 잘 죽였다고. 딸을 행복하게 보내자고. 나의 마음에 슬픔이 가득했지만 사위와 행복하게 웃는 큰딸이 보였다. 아내가 서글프게 웃으며 넋두리를 털어놓는다. 큰딸 결혼이 그녀와 놈의 젊은 시절을 재생하듯 닮았다고. 놈과 그녀도 양가 집안의 반대에도 불구하고 뜨거웠다. 결혼 전에 큰딸을 가졌고 동거를 했다. 양가 부모들이 원망스러웠다. 나와 아내는 존재하지 않았다. 놈과 그녀는 부모들과 치열하게 싸웠다. 양쪽 모두 지치지도 않았다. 임신 사 개월째 됐을 때 장모가 그녀를 뚜렷하게 보기 시작했다. 장모는 긴 한숨 끝에 결혼을 허락했다. 놈과 부모는 여전히 싸움 중이었지만 결혼식을 올렸다. 양가 부모들도 왜 결혼을 반대해야 하는지 그 이유를 정확히 몰랐다. 그저 궁합이 맞지 않는다는 이유뿐이었다. 놈이 단명한다는, 그녀가 청승맞은 과부 팔자라는 단순한 이유였다. 하지만 그들 모두는 심각했다. 원수처럼 서로 으르렁거렸다. 양쪽 집은 거의 일 년 동안 아수라장이 됐다. 결혼 후에도 놈의 부모는 얼굴을 찌푸리고 그녀를 질시했다. 장인도 놈을 볼 때마다 언짢은 표정을 지었다. 그런 탓에 놈과 그녀의 신혼생활은 행복하지 못했다. 큰딸을 가졌을 때 그녀는 엄마로서 스스로를 깊게 느꼈다. 그녀로만 존재할 수 없었다. 아내는 태동을 느끼며 그녀 속에서 엄마를 깨달았다. 그때 잠시나마 아내는 그녀를 떠나보냈다. 손녀가 태어나자 양가 부모는 아내와 놈을 다정하게 받아들였다. 육십대였던 양가 부모는 손녀를 사랑스럽게 쳐다봤다. 하지만 나는 놈의 횡포에 움츠린 채 숨었다. 비굴했지만 놈에게 대항할 수 없었다. 큰딸이 흑인을 애인이라고 소개했을 때 놈과 그녀는 큰딸을 질책하며 화를 냈다. 놈은 발광했고 그녀는 한 달가량 큰딸을 보지 않고 드러누웠다. 흑인이라는 단순한 이유 때문에 큰딸 결혼을 반대했다. 큰딸이 임신하고 나타났다. 그녀가 깜짝 놀랐다. 그녀는 큰딸이 엄마가 된다는 것을 깨달았다. 아내는 엄마로서 그녀를 쫓아냈다. 아내는 큰딸의 울음과 웃음을 봤다. 큰딸은 엄마가 된다는 두려움과 놀라움, 설렘 등 온갖 감정에 휩싸였다. 아내는 큰딸을 돌봐야 했다. 결혼보다는 큰딸의 임신이 아내를 긴장시켰다. 아내는 놈과 그녀의 결혼 전이 떠올랐다. 아내는 긴 한숨을 쉴 수밖에 없었다. 큰딸을 품 안에 껴안았다. 떨고 있는 큰딸의 어깨를 품 안에서 느꼈다. 큰딸이 눈물 머금은 웃음을 지었다. 아내는 그녀를 쫓아낸 것이 다행이라고 생각했다. 아내와 큰딸은 서로 웃으며 깊게 껴안았다. 아내는 엄마로서 큰딸을 다정하게 달랬다. 걱정하지 말라고. 엄마가 이제는 도와주겠다고. 아내는 매일 놈을 죽여야 한다고 다정하게 잔소리했다. 하지만 놈을 죽일 수가 없었다. 놈은 포악해졌다. 나는 놈이 두려워 숨어 있어야 했다. 아내는 놈을 다루는 방법을 삼십여 년 결혼 생활을 하는 동안 저절로 터득했다. 아내는 큰딸과 아들 그리고 막내딸과 함께 나를 설득했다. 우리가 도와주겠다고. 놈을 과감하게 죽이라고. 큰딸의 가련한 모습을 보라고. 이제 살 만큼 살았으니까 용기를 가지라고. 가족의 목소리는 우렁찼다. 그들의 목소리가 뚜렷하게 들렸다. 나는 놈을 죽이려고 용기를 냈다.

5

갱년기에 접어들자 아내가 사라져버렸다. 그러곤 그녀가 집안을 점령했다. 그녀는 온 집안을 괴물처럼 휘어잡았다. 아이들조차 그녀를 두려워했다. 엄마가 없어졌다며 걱정하고 슬퍼했다. 그녀는 특히 놈에게 심하게 횡포를 부렸다. 나는 아내가 사라진 것을 처음 느꼈다. 그녀는 나날이 포악해졌다. 그녀는 놈을 거의 매일 괴롭혔다. 그녀의 얼굴은 야차보다 더 흉측하게 변했다. 놈도 점점 그녀를 무서워했다. 나는 왜 아내의 갱년기가 이런 식으로 찾아왔는지 의문에 빠졌다. 사는 동안 아내의 몸은 놈에게 무자비하게 시달렸다. 아내의 마음은 놈의 횡포에 지쳐버렸다. 아내는 놈에게 너무 많은 시간을 낭비했다.

스물여섯번째 결혼기념일 아침이었다. 놈은 결혼기념일인 줄 몰랐다. 평소처럼 은행에 출근하려고 서둘렀다. 하지만 아내는 아침 식사 준비를 하지 않았다. 그녀가 잠옷 차림에 부스스한 머리를 하고 거실 소파에 앉아 모닝커피를 마시고 있었다. 평소에 즐기지 않는 모닝커피를 마시는 그녀를 보고 놈은 깜짝 놀랐다. 놈은 아침 식사 투정을 했다. 그녀의 얼굴이 험악하게 일그러졌다. 그녀는 괴물처럼 덤벼들었다. 놈은 감당할 수 없었다. 놈은 그녀에게서 두려움을 느꼈다. 놈은 항복했다. 그리고 놈은 도망쳤다. 나는 그녀를 볼 수 있었다. 그녀는 놈을 쉴 새 없이 비난했다. 그날 밤늦게까지 집안이 엉망이었다. 막내딸이 나에게 전화했다. 나와 막내딸은 집 근처 김밥집에서 저녁 식사를 해결했다.

"엄마 왜 그래?"

막내딸은 걱정스레 나에게 물었다. 대학 새내기인 막내딸은 그녀를 본 후 당황했다. 막내딸이 서울의 종합병원에 근무하는 큰딸에게 전화했다. 엄마가 요즘 이상하다고. 오늘은 도저히 이해할 수 없는 행패를 부린다고. 큰딸이 이것저것 질문하더니 "오늘 결혼기념일이네"라고 말했다. 그리고 엄마가 갱년기에 접어들었다며 명쾌한 답을 줬다. 그런 후 큰딸은 놈이 나쁘다며 힐책했다. 나는 겨우 그녀를 깨달았다. 갱년기가 되면 공포스러울 정도로 아내가 변한다고 했던 주위 선배들의 말이 기억났다. 막내딸은 언니의 설명에 고개를 갸우뚱거리면서 나에게 그녀를 달래주라고 했다. 나는 세월 따라 변하는 아내의 모습을 찬찬히 깨달았다. 아내를 찾아야겠다는 결심을 했다. 큰딸은 대학 졸업 후 서울 종합병원에 근무 중이고, 아들은 군 복무 중이며, 막내딸은 갓 대학에 입학해 젊음을 즐기고 있었다. 아내는 갑자기 세월이 허탈하게 느껴졌다. 그녀로 되돌아가고 싶었다. 우리는 꽃다발을 사들고 집 안으로 들어갔다. 아내는 젊은 시절 연주복을 입고 피아노를 연주하고 있었다. 막내딸이 엄마를 껴안으며 사랑한다고 말하자 아내는 갑자기 펑펑 울기 시작했다. 나는 죄인처럼 고개를 숙인 채 아내를 찬찬히 바라봤다. 화려하게 개인 연주회를 하는 게 그녀의 젊은 날 꿈이었다. 그 사실이 26년 만에 기억났다. 놈은 그 기억을 잃어버렸다. 그녀의 꿈을 잊고 있었다. 나는 아내를 되찾고 싶었다. 그녀의 꿈을 위로해주고 싶었다. 아내는 막내딸 품에서 흐느꼈다. 아내의 눈물이 또렷하게 보였다. 나는 놈을 원망했다. 놈이 얼마나 행패를 부리며 살아왔는지 깨달았다. 놈의 행패가 하나하나 기억났다. 아내에게 미안했다.

갱년기에 접어든 아내는 쉽게 돌아오지 않는다. 그녀만 매일 집안을 휘젓고 다닌다. 나는 아내가 그립다. 그녀에게 놈을 죽일 수 있다고 말한다. 하지만 그녀는 들은 척도 안 한다. 그녀에게 나는 다시 함께 사랑하자고 프러포즈한다. 그녀는 냉정하게 나조차 외면한다. 다시는 놈 같은 사람과 사랑하지 않는다고. 갱년기는 나를 공포로 몰아넣는다.

나는 그녀에게 이기대 산책을 함께하자고 한다. 처음에는 나를 째려보며 거절한다. 나는 꾸준히 그녀를 조른다. 그녀는 귀찮은 듯 허락한다. 우리는 거의 매일 산책을 한다. 이기대 산책을 하며 나는 아내의 행방을 묻는다. 그녀는 콧방귀만 뀌며 대답하지 않는다. 가을 해풍은 이기대를 평온하게 만든다. 그녀의 얼굴에 가끔 웃음이 보인다. 한 달 동안 이기대 산책을 한다. 계속 아내를 찾고 싶다고 애원한다. 가을 해풍에 밀어닥치는 파도 소리는 잔잔한 실내악 연주 같다. 마음이 잔잔해진다. 그녀는 찬찬히 기억을 더듬어보라고 말한다. 희미하지만 띄엄띄엄 놈의 횡포와 폭행이, 그리고 놈의 음모와 거짓이 기억 속에 되살아난다. 나도 모르게 그녀 앞에서 고개를 숙인다. 그녀와 아내의 폐경이 보인다.

6

나는 놈에게 짓눌려 살아왔다. 놈은 워낙 야비하고 이기적이었다. 나는 놈이 두렵기만 했다. 지방은행에 취업했을 때는 놈이 당당했던 젊은 시절이었다. 놈은 큰 꿈을 갖고 대학 졸업 후 몇 년간 대기업과 유명 은행에 지원했으나 번번이 실패했다. 놈은 평범한 중산층으로 살고 싶지는 않았다. 열등의식은 안 보이게 숨겨야만 했다. 쉬우리라 여겼던 지방은행도 야수들의 정글 같았다. 그곳에서도 잘해야 두번째거나 그 뒤로 밀려버렸다. 놈은 악착같이 발버둥 쳤다. 하지만 결국 허탈감과 열등의식만 커져갔다. 나는 놈의 그림자 뒤에 언제나 숨어 있었다. 놈은 야비하게 횡포를 부렸다. 놈은 일확천금을 노리듯 열등의식을 주식투자로 숨기려 했다. 놈은 주식의 유혹에 쉽게 빠졌다. 아내도 나도 아이들도 보이지 않았다. 어떻게든 그녀를 피해 주식투자에 몰두했다. 놈은 주식에 중독된 채 삼십대를 보냈다.

주식 중독은 무서웠다. 놈은 하루하루 롤러코스터를 타는 기분이었다. 오전, 오후가 어지럽게 돌아갔다. 심장이 뛰었다 멈췄다 하면서 피를 말렸다. 수시로 표정이 바뀌었다. 눈은 아예 색맹이 된 듯 빨간색과 파란색만 보였다. 열심히 주식을 공부하고 주위 전문가들에게서 정보를 구했지만, 놈도 결국 불쌍한 개미군단이었을 뿐이었다. 항암치료제를 연구, 개발하는 안티캔에 대한 정보를 얻었을 때 신기루를 만난 것 같았다. 주식 전문가인 선배와 정부기관에 근무하는 친구가 귀띔하는 안티캔 주식은 놈의 미래를 화창하게 만들 것 같았다. 과감하게 1억5천을 대출받아 공모주를 매입했다. 전문가들의 예측은 항암치료제가 성공하면 공모가의 15배로 뛸 가능성이 높다는 것이었다. 분홍빛 미래를 상상하니 매일 가슴이 두근거렸다. 처음은 예측대로 인기 종목이 되었고, 매스컴을 크게 타면서 상승세가 가팔랐다. 공모가의 7배까지 상승했다. 곧 삼십여 평 아파트가 생길 것 같았다. 삼 년간 놈은 우쭐거리며 주변에 큰소리치고 다녔다. 주식 상장 후 사 년째, 임상실험에 실패하는 바람에 안티캔은 부도가 났고 주식 거래가 정지되었다. 순식간에 주식은 휴지 조각이 돼버렸다. 놈이 마흔 살 되는 해였다. 놈은 온몸이 얼어버린 듯 꼼짝할 수 없었다. 그때 그녀가 야차로 돌변해서 공격했다. 놈은 그녀에게 여지없이 패했고, 죽었다.

그때부터 아내가 나에게 놈을 살해하는 법을 자상하게 가르쳐줬다. 우선 몸과 마음을 강하게 단련해야 한다고 했다.

아내는 나에게 이기대 산책을 시켰다. 이기대 산책은 왕복 두 시간 정도 걸렸다. 파도 소리가 오케스트라 연주처럼 웅대했고 검푸른 바다는 광활했다. 바람 소리는 계절마다 신비스런 음률과 묘한 향기를 뿌리는 듯했다. 나는 스스로 작아지는 것을 느꼈다. 풍광에 경탄했다. 바다 냄새는 청량했다. 미세먼지에 둘러싸인 비릿하고 쿰쿰한 도시의 빌딩 냄새는 사라졌다. 나는 나날이 이기대 풍광에 황홀하게 빠져들었다. 그러면서 아내가 보였고 아이들이 보였으며 야수의 정글 같은 도시의 빌딩이 보이기 시작했다. 놈이 미친 듯이 주식에 중독됐던 모습이 어른거렸다. 하지만 놈을 죽이기엔 나는 아직 약했다. 살아오는 동안 놈이 내 주변을 온통 난장판으로 만들어놓았다. 나는 난장판이 된 주변을 어떻게 수습해야 할지 몰랐다. 놈은 나를 야비하게 쳐다보며 가소롭다는 듯 코웃음을 쳤다. 간혹 놈은 으르렁거리며 협박했다. 사는 것이 그리 쉬운 줄 아느냐고 했다. 남을 이기려면 야비해야 하고, 음흉해야 하며, 악착같아야 한다고 했다. 40평 아파트도 사고 싶었고, 벤츠도 타고 싶었으며, 후배 직원들에게 멋지게 호통도 치고 싶었다고. 원하는 대로 하고 싶었다고. 하지만 녹록지 않아서 괴물로 변할 수밖에 없었다고. 나는 번번이 놈을 살해하는 데 실패했다.

7

놈은 불쌍하다. 언제 그렇게 포악한 모습이었는지 의심될 정도로 추레하다. 혼자 이기대 산책을 가면 놈이 추레하게 뒤따라오곤 한다. 아내에게 놈이 성가시게 자꾸 나타난다고 했더니 상냥하게 말을 건네보라고 한다. 아내도 놈이 불쌍하단다. 놈을 쌍둥이 형이라 생각하고 친해지란다. 아내는 놈이 점점 작아진다고 걱정까지 한다. 놈도 어쩔 수 없었다고 변호까지 하면서. 은행 본부장 승진에서 탈락했을 때 놈은 비참하게 허물어졌다. 비굴하게 웃던 웃음도, 음흉하게 치켜 올라간 눈초리도, 우쭐대던 어깨도 더 이상 볼 수 없었다. 음흉스럽던 모습도, 난폭하고 거만한 말투도 사라졌다. 본부장 승진 발표 즈음 놈은 성 지점장을 이겨야 한다고, 언제까지 성 지점장 뒤나 쫓는 놈이 되지 않겠다고 으르렁거리며 외쳤다. 하지만 놈은 본부장 승진 탈락과 함께 명예퇴직이 됐다. 놈은 형편없는 꼴이 됐다. 나도 형편없게 됐다. 아내가 혀를 차며 나에게 이기대를 산책하며 놈을 죽이든지, 쌍둥이 형으로 받아들이든지 마음을 결정하란다. 나에게는 난제다. 아내가 고민하는 나를 웃으며 쳐다보더니, 더 열심히 이기대 산책을 다니란다. 계절마다 바뀌는 바다는 신비롭다. 바다가 햇빛, 구름, 바람과 함께 펼치는 풍광은 계절마다 다채롭다. 걷는 걸음에서는 세월을 느끼게 되지만 바다 풍광은 세월이 없다. 나는 작아지는 것을 느낀다. 그동안 놈을 얼마나 죽였나? 또 얼마나 실패했나? 바위에 부딪히는 파도의 흰 포말 따라 놈들이 수없이 밀려온다. 온갖 험상궂은 표정으로 나에게 밀려온다. 쌍둥이로 생각하고 싶지 않다. 놈이 외치는 소리는 나의 심장을 찌른다. 놈을 죽이는 법만 잊지 않으면 된다.

막내딸이 모처럼 집을 방문했을 때 아내는 내 손을 꼭 잡는다. 놈이 또 나타날 텐데 죽일 준비가 됐냐고 묻는다. 나는 놈을 이미 죽였다고 당당하게 말한다. 아내가 아리송하게 웃는다. 막내딸은 일 년 만에 집을 찾았다. 이 년 전 희가 자살하려고 했을 때, 막내딸은 우리를 원망했다. 왜 우리를 이해하지 못하느냐고. 막내딸은 사랑하는 여자 친구 희를 보살피겠다고, 함께 지내겠다고 했다. 그때 나는 성난 놈이 보였다. 나는 놈에게 막내딸이 보이지 않느냐고 물었다. 오히려 놈은 나에게 화를 냈다. 울부짖는 막내딸을 쳐다보며 나와 놈은 격하게 싸웠다. 아내는 시대가 변했다고, 이미 결심한 막내딸을 따스하게 보내자고 놈을 달랬다. 나는 아내의 도움을 받아 놈을 죽였다. 그때 나는 놈을 장렬하게 죽일 수 있었다. 막내딸은 나와 아내를 깊게 포옹하면서 사랑한다고 말했다. 막내딸과 희를 그들이 원하는 대만으로 보냈다. 막내딸은 당당하게 문을 열고 거리낌 없이 우리와 저녁 식사를 한다.

"엄마, 아빠. 나는 희와 대만에서 재미있게 잘 살고 있으니 걱정하지 마."

막내딸은 아내가 만든 김치찌개를 맛있게 먹으며 얘기한다. 놈이 또 나타났다. 놈은 언짢은 듯 막내딸을 째려본다. 놈의 손은 부들부들 떨린다. 아내가 그녀와 함께 내 손을 꼭 잡는다. 나는 깊게 들숨 날숨을 몇 번 쉰다. 놈을 조용히 화장실로 데리고 간다. 샤워기를 틀어서 놈의 코와 입에 물을 들이붓는다. 놈은 헉헉거리더니 힘없이 쓰러진다. 나는 다시 식탁으로 돌아온다. 막내딸은 즐거운 얼굴로 아내가 차려놓은 음식을 맛있게 먹고 있다. 아내는 살포시 나에게 웃는다.

"건강 잘 챙기고 희와 오래 잘 지내렴. 일 년에 한 번씩 집에 오고, 다음에는 희와 함께 와서 식사나 하자."

어릴 적부터 단짝이던 희와 함께 집에서 즐겁게 놀던 막내딸이 보인다. 나와 아내는 막내딸을 잃지 않았다.

나는 아내에게 당당하게 말한다. 놈을 언제 어디서든 여지없이 죽일 수 있다고. 하지만 아내는 웃으면서 한마디 던진다.

"놈은 언제 어디서든 당신 모르게 또 나타날 거야. 방심하지 말아요."

몸과 욕망의 서사와 새로운 수사학

정홍수(문학평론가)

허택 소설에서 몸과 욕망의 문제는 지속적으로 변주되고 있는 테마이다. 그런데 이번 소설집을 통해 새삼스럽게 눈에 들어오는 것은 그 변주의 소설적 방법들이다. 허택 소설의 관심은 현실의 반영과 모사 못지않게 현실의 재구성 쪽에도 있는 것 같다. "허택의 소설은 실재하는 현실과 작가가 만들어 낸 인공의 현실을 동시에 껴안고 있는 이중성의 세계를 보여준다"(정호웅, 『몸의 소리들』 해설)는 비평적 언급은 이 점을 정확히 지적하고 있다. 여기서 '인공의 현실'은 작가의 세계 해석이 적극적으로 개입하는 현실의 변형과 재구성을 가리킨다고 보아도 될 것 같다. 허택 소설에서 알레고리, 그러니까 '다르게 말하기'의 화법이 두드러지는 것도 이와 무관하지 않을 테다. 그렇다면 허택 소설에서 '몸'과 '욕망'은 테마이며 동시에 이야기의 형식이 아닐까.

선명한 대립 구도를 말해볼 수 있을 것 같다. 한쪽에는 도덕, 윤리와 무관하게 자신의 욕망을 날것 그대로 추구하는 인물이 있고, 다른 쪽에는 그로 인해 상처 입은 인물이 있다. 허택 소설의 많은 이야기는 이 구도로부터 시작된다. 이번 소설집을 여는 「마른장마」의 중심인물 정주와 명희는 고교 동창인데, 명희가 재수를 해서 정주와 같은 대학에 입학할 정도로 단짝 친구였다. 그러나 명희는 정주의 남자 친구 민석을 빼앗아 결혼하고(이 과정에서 명희는 거짓말도 서슴지 않는다) 두 사람의 관계는 파탄 난다. 이후 명희는 비교적 성공적인 길을 달린 남편과 함께 번듯한 가정을 꾸려가고, 정주는 배신의 상처를 안고 고립된 삶을 살아간다. 비슷한 구도는 「상실의 흔적」에서도 반복된다. 여성 화자 '나'는 대학 시절에 만난 '훈이'와 결혼했고, 표면적으로는 무난한 가정을 이루어왔다. 그러나 두 사람 사이에는 남편의 절친인 고교 동창 A가 있었고, '나'는 세 사람이 함께했던 대학 사진반 여행에서 A로부터 성폭행을 당한 사실을 숨기며 살아왔다. 우정을 짓밟고 폭력적으로 틈입한 몸의 기억은 끊임없이 '나'의 평온을 뒤흔드는 트라우마적 상처로 남게 된다. 가혹한 생존경쟁의 논리를 내면화한 남성 가부장의 일그러진 욕망이 아내나 자식들에 대한 폭력적 억압으로 표출되는 이야기들도 있다. 「웃음과 울음의 원무」, 「N번째 살인미수 사건」이 그런 경우인데, 가족 내에서 이루어지는 가해와 억압의 또 다른 선명한 대립 구도를 보여준다. 남근적 욕망의 자기 파멸의 서사를 환상적 우화로 그려낸 「야차 LC」, 남편의 성적 착취에 맞선 아내의 끈덕진 처벌을 담아낸 「붉은 비닐 노끈」에서도 가족 관계에서 내연하고 있는 대립 구도의 변주된 양상을 읽어내기는 어렵지 않다. 「영도와 여의도 사이」에서는 집과 경제 관념을 둘러싼 세대간 대립 구도가 뚜렷하다.

물론 대립 구도를 풀어내는 방식은 작품마다 다르며, 가해나 억압의 세부적 양상 또한 단선적이기보다는 중층적으로 뒤얽혀 있다고 할 수 있다. 그러나 이 같은 대립 구도의 반복적 활용이 얼마만큼은 현실에 대한 작가 나름의 해석적 프레임으로 작용하고 있다는 느낌을 받게 되는 것도 사실이다. 그리고 이 점이 허택 소설을 통상의 리얼리즘과는 다른 소설적 좌표로 이동시키는 것 같다. 허택 소설은 세부적 현실의 재현으로부터 하나하나 이야기를 쌓아가는 방식을 취하지 않는다. 그보다는 인물이나 상황을 압축하는 환유적 표현에 힘을 기울이면서 그 환유의 수사학을 소설의 전체적 구도, 전언으로 확장하려고 한다. 이때 소설의 서사는 환유의 수사학을 중심으로 구축된다. 가령 「마른장마」에서 자신의 욕망에 거침이 없는 명희라는 인물을 그릴 때, 작가는 명희의 '높고 날카로운 목소리'에 주목한다. 소설에서 명희의 목소리는 '소프라노 솔 음'이라는 환유의 수사학으로 표현된다. 고등학교 2학년 때 정주와 명희가 처음 만나 친구가 되는 순간은 이렇다. "명희의 목소리에는 웃음기가 살짝 들어 있었다. 소프라노 솔 음 목소리로 명랑하게 말을 했다. 사람을 기분 좋게 하는 목소리였다. 이후 명희와 단짝이 됐다."(19쪽) 명랑함과 쾌활함이 넘치는, 사람을 기분 좋게 하는 목소리는 명희를 정주와 가깝게 만든 결정적 이유였다. 더불어 소설에 기술된 명희의 여타 행동들을 보건대 '소프라노 솔 음'의 환유는 명희라는 인물의 순진성에 대해서도 말해주는 바가 있는 것 같다. 소설의 중요한 국면에서 '소프라노 솔 음'의 수사학은 거듭 출현한다. 명희의 배신을 알게 된 뒤 정주를 괴롭힌 것 또한 일차적으로는 '소프라노 솔 음'의 목소리다. "온몸이 오싹했다. 소프라노 솔 음이 가슴과 온몸을 아프게 했다."(24쪽) 명희가 말기 암으로 죽음을 앞둔 남편과의 여행에 정주를 초대하는 대담한 전화를 할 때도 '소프라노 솔 음'은 다시 등장한다. 그리고 명희의 내적 독백으로 소설을 마무리 짓는 표현 역시 '소프라노 솔 음'이다. 기실 남편의 죽음 뒤 정주와의 우정을 회복하려고 하는 명희의 결의는 느닷없다고 할 수밖에 없다. 명희의 마음을 기술하는 소설의 마지막 문장은 "소프라노 솔 음으로 말해야겠다"인데, 명희의 이 같은 태도를 서사적 인과 속에서 납득하기는 쉽지 않다. 소설 내내 반복되어온 '소프라노 솔 음'의 수사학, 그것이 빚어낸 모종의 울림이 아니라면 명희의 순진성은 설명되기 힘들다. 그렇다면 '소프라노 솔 음'의 수사학은 통상적인 소설적 처리와는 다른 방식으로 명희라는 인물의 캐릭터를 함축하면서 욕망의 서사를 써나가는 허택 소설만의 화법일 수 있다. 이 순간, 명희라는 인물은 순진성과 악을 함께 가진 모순 그 자체로 제시된다. 허택 소설은 그 모순 속에 인간이 있다고 말하고 있는 것인지도 모르겠다.

비슷한 수사학의 예는 '집'에 대한 생각을 둘러싼 부자 세대간의 갈등을 다룬 「영도와 여의도 사이」에서도 만나게 된다. 노년의 문턱에 이른 '나'와 아내에게 '집'은 영도 산동네의 자그마한 재개발 아파트가 전부라고 할 수 있다. 그 집은 '나'가 고등학교 2학년 때 아버지가 해상 사고로 세상을 뜬 후 어머니와 함께 힘겹게 장만한 것으로, 영도 조선소에서 '깡깡이 아지매'로 일한 어머니와 대학 진학을 포기하고 곧장 생활전선에 나서야 했던 '나'의 고단한 세월이 담겨 있는 곳이다. 그 집은 '나'에게 어릴 적부터 오르내리던 '달빛 아래 벚꽃 가로수길'로 기억 속에 남아 있다. "고등학생 시절 밤늦게 언덕길 따라 올라오면 벚꽃잎들이 달빛 따라 환하게 출렁거렸다. (……) 기억 속 벚꽃들이 제일 예뻤다."(41쪽) 이 벚꽃의 기억은 '나'가 처남의 도움으로 오 년째 살고 있는 남천동 비치아파트(처남이 투자 목적으로 구입해둔 곳이다)의 명소인 벚꽃 터널과 대비되며 소설 속에 거듭 출현한다. 서울 여의도의 증권회사에 취직한 아들이 영도의 아파트를 팔아 서울에서 '갭투자'를 하자고 종용하고 있는 터라, 이 대비의 의도는 뚜렷하다. '나'에게 집은 경제적 가치로 환산될 수 없는 기억과 삶의 시간이다. 허택 소설은 이 주제를 시적 기억의 자리에서 풀어내려고 하며, 영도 언덕길의 기억 속 벚꽃과 남천동의 화려한 벚꽃 터널을 반복적으로 대비하면서 그렇게 한다. 영도의 벚꽃 풍경은 거듭 회귀하는데, 어머니가 조선소에서 일하며 내던 소리와 함께다. "깡깡! 깡깡! 영원히 잊지 못하는 소리는 어머니의 소리다."(54쪽) 이 소리는 세상을 뜨기 전 어머니의 몸에서 나던 것이기도 하다. "어머니는 80세를 넘기자 관절마다 나는 아픈 소리 때문에 도저히 움직일 수 없었다. 팔다리를 움직일 때마다 깡깡, 깡깡 망치 소리가 들리는 듯했다."(55쪽) 집을 둘러싼 부자간의 서사적 대립 구도는 표면적인 것이며, 허택 소설이 힘주어 그리고자 했던 것은 몸의 소리와 함께 거듭 돌아오는 영도 언덕길의 벚꽃 풍경, 설명하기 힘든 기억의 울림이라는 사실이 드러나는 대목이다. 「상실의 흔적」에서 '나'의 트라우마적 기억을 환기하며 반복적으로 들려오는 노래(샤데이의 「스무드 오퍼레이터」)의 존재, 「부부의 초상」에서 부부 생활의 위기 속에서 거듭 회귀하는 '봄날 들꽃의 향기' 역시 몸의 감각에 뿌리를 둔 허택 소설의 수사학을 분명하게 보여주는 것 같다.

그리고 「N번째 살인미수 사건」에서 우리는 대립 구도의 자기 분열/증식을 본다. 이 작품에서 소설화자 '나'가 거듭 죽이려고 시도하는 존재는 생존경쟁의 내면화, 폭력적인 남성 가부장의 허위의식 속에서 '괴물'로 변해버린 자기 자신이다. 혹은 괴물이 되어버린 내면의 욕망이다. 소설에는 거듭 '놈을 죽여야 한다'는 표현이 나온다. 평범한 중산층의 삶을 벗어나고 싶었던 '나'는 은행원으로 일하면서 주식투자에 빠졌고, 주식에 중독된 채 삼십대를 보냈다. 그러는 동안 집안의 경제를 책임지고 자식들을 키운 것은 아내였다. '나'는 음악을 하고 싶어 한 아들의 뜻을 마구 짓밟기도 했다. 이 소설에서 흥미로운 지점은 '나'의 자기 분열, 자기 대면이 피해자이기도 한 아내의 적극적인 조력을 통해 이루어지고 있다는 사실이다. '나' 안의 괴물(소설에서는 '놈'으로 반복 표현된다)을 발견하고 '놈'과 처음 맞서 싸운 것도 아내이다. '나'의 주식 중독을 알게 된 아내는 '야차'로 변하여 괴물과의 싸움을 수행한다. 그렇게 해서 아내는 최초로 '놈'을 이기대 바닷속으로 던져 넣는다. 물론 괴물은 완전히 제압되거나 사라지지 않는데, 그 싸움의 최종적인 수행자는 '나'여야 하기 때문이다. 어쩌면 이 소설에서 작가는 인물의 의식 내부에서 일어나는 '나'와 놈(괴물), 아내와 '그녀'(혹은 야차)의 대립을 조금은 조급하게 알레고리화하면서 서사를 구축하고 있는지도 모르겠다. 특히 아내를 둘로 나누는 내적 분열의 구조가 그러하다. 그러나 이 점은 허택 소설의 자기 정직성과 관련해서 살펴볼 대목이 있는 것 같다. 남성 가부장의 일그러진 욕망에 대한 허택 소설의 부정과 자기비판은 급진적인 것은 아니다. 그것은 '나'와 아내의 관계를 근본에서 허물면서(가령 여성해방적 관점이 있을 수 있다) 기왕의 가족 제도 바깥을 내다보는 시선과는 거리가 있다. 허택 소설에서 그 부정적 욕망은 기존 가족 제도 내에서 치유될 수 있는 것으로 제시된다. 이는 허택 소설의 세대적 한계일 수도 있고, 작가 고유의 중용적 세계 인식이 작동한 것일 수도 있다. 평론가 전성욱은 허택 소설에서 "몸과 마음, 개인과 사회, 남자와 여자, 부자와 빈자의 조화와 균형"을 지향하는 중용의 시선을 읽어낸 바 있는데(『언제나 편하게』 해설), 충분히 동의할 만하다. 허택 소설의 자기성찰은 균형을 잃고 치닫는 욕망의 과잉을 향해 있다. 「N번째 살인미수 사건」의 아내가 '나'의 피해자이면서 동시에 '나'의 욕망을 조절하고 다스리는 치유자로 나설 수 있는 근거가 여기에 있다. 이 소설에서 아내가 '야차'의 얼굴을 하고 '놈'과 싸우는 모습은 그 조정자/치유자 자리로의 잠정적 이동일 뿐이다. '나'의 내적 분열은 아내를 피해자로 둔 대립 구도로부터 온 것이지만, 아내가 '조정자/치유자'의 역할을 수행하는 한 그 구도는 절대화되지 않는다. 말하자면 작가는 이 소설에서 대립 구도를 증식시키고 확장하는 것처럼 보이지만 사실상 대립을 중단시키고 내적으로 허물고 있다. 소설은 결말에서 동성 커플을 이룬 막내딸의 선택을 두고 '나'

가 자기 안의 괴물과 싸운 삽화를 전한다. "아내는 시대가 변했다고, 이미 결심한 막내딸을 따스하게 보내자고 놈을 달랬다. 나는 아내의 도움을 받아 놈을 죽였다."(214쪽) '나'를 이끄는 아내의 품은 넓다. 일그러진 욕망의 치유 가능성을 믿는 허택 소설의 자기 정직성을 있는 그대로 받아들이고 싶어지는 대목이기도 하다. 말하자면 여기서 작가는 자신이 구축한 소설의 구도를 너무도 투명하게 내보이며(동시에 허물며) 인물의 윤리적 확장 가능성을 담대하게 타진하고 있는 것 같다.

아마도 이번 소설집에서 허택 소설의 개성적 구도와 화법이 가장 집약적으로 표현된 작품은 표제작인 「웃음과 울음의 원무」가 아닐까 싶다. 평생 집안의 폭군으로 군림했고, 함께 입사한 절친을 배신하면서까지 직장에서 최고의 지위에 오른 소설화자 '나'는 허택 소설의 전형적인 남성 인물이다. 소설은 2년 전 세상을 떠난 아내의 추도식 날 하루를 담고 있다. 어머니의 사고와 죽음에 아버지의 책임이 크다고 믿는 아들과의 관계가 특히 좋지 않지만, 권위적이고 억압적인 아버지에 대해 두 딸도 소원하기는 마찬가지다. '나'가 막내딸의 8개월 된 외손녀를 이날 처음으로 보게 된 상황에 '나'를 둘러싼 가족의 현재가 압축되어 있다. 아내가 떠난 후 '나'가 군림해온 집이라는 성채는 기실 '공허'와 '적막'뿐이었다는 게 드러난다. 추도식 날 가족들로부터 소외된 '나'는 자신만의 철옹성이라 믿었던 서재에 고립된다. 구원의 계기는 외손녀로부터 찾아온다. 서재로 들어온 아기가 할아버지를 보고는 울음을 그치고 방실방실 웃음을 짓는다. 아이의 웃음이 '나'에게 뜻밖의 몸의 반응을 불러일으킨다. 스스로를 가혹하게 다그치며 앞만 보고 질주해왔던 '나'는 눈물을 모르는 삶을 살아왔다. "눈물에 대한 거부는 내 욕망이었다."(174쪽) 그런데 아기의 '너무도 깨끗한 웃음'에 대한 '나'의 첫 반응은 자신도 모르게 흘러내리는 눈물이다. 눈물은 그렇게 잊었던 몸의 기억을 일깨우며 찾아온다. 몸의 기억은 연쇄적이다. 허택 소설은 예의 '몸의 시학'을 통해 '나'에게 찾아온 반성과 구원의 계기를 포착하려 한다. 웃음을 머금은 아기의 천진한 눈동자는 잊고 있던 아내의 눈동자와 겹친다. "아기 눈동자 속에 비친 아내가 반갑다. 반가움은 웃음으로 터진다. 스스로 이상하다고 느끼지만 웃음과 눈물을 멈출 수 없다."(177쪽) 웃음 역시 '나'에게는 삭제된 몸의 기억이다. 아이가 깔깔거릴 때 "입안에서 아래위 여섯 개의 유절치들이 반짝인다. 그리움이 밀려오는 아기의 모습이다."(177~178쪽) 아이의 유절치는 오십대 초반에 급성 당뇨로 치아를 잃었던 어머니에 대한 기억으로 이어진다. 아이-아내-어머니로 이어지는 몸의 기억이다. 이 기억의 연쇄가 자연스럽게 느껴지는 것은 '그리움'이라는 '나'의 언어 때문일 것이다. 허택 소설은 인물의 '완전한 변화'를 겨냥하지 않으며, 그런 일이 일어날 수 없다는 것을 안다. '나'는 전혀 새로운 사람이 될 수는 없다. '나'라는 인물이 원래 가지고 있던 것을 일깨우는 일, 반성은 거기서 시작될 수밖에 없다. 허택 소설에서 '몸의 시학'이 유력한 소설적 방법론으로 기능하는 이유이기도 하다. 그런 만큼 우리는 아이의 천진한 웃음으로부터 찾아든 이 변화의 시간을 수긍하게 된다. '나'는 '해방'이라는 표현을 쓰고 있거니와, 웃음과 눈물은 '나'의 뒤틀린 삶을 정화하고 있다. "아기가 웃으면서 철옹성을 무너뜨리는 동안 나는 고개를 숙이고 흐느낀다. 패배의 눈물은 아니다. 해방의 눈물이다."(179쪽) 엄격하게 정돈되어 있던 '나'의 서재는 아기의 천진한 손길에 의해 책과 명함곽, 상패 등이 마구 던져지며 난장판으로 바뀌는데, 아기가 '나'의 머리를 헝클어뜨리고 얼굴을 엉망으로 만드는 일과 나란히 진행된다. 아기의 행동은 울음이 터진 '나'의 몸과 함께, '나'의 주변 공간을 물리적으로 바꾸고 있다. '해방'은 구체적이며, 해방의 감각이 환각으로 이어질 수 있는 것도 그 때문일 것이다. 아내와 어머니는 그리움의 기억을 넘어 아기의 몸을 통해 돌아온다.

아들이 아버지의 수목원행을 거부하면서 추도식 날 집안의 긴장은 고조되지만, '나'는 기꺼이 집에 남기로 한다. '나'에게는 기저귀를 갈고 이유식을 먹이는 등 아이를 돌보는 일이 맡겨진다. 아기가 '나'의 품에 선뜻 안기는 모습에 가족들 모두가 놀란다. '나'의 변화는 아직 가족들에게 제대로 인지되지 못하고 있는데, 그간 '나'가 보여온 권위적이고 억압적인 '아버지상'을 감안한다면 충분히 그럴법한 일이다. 그러나 '나'에게 아기는 이제 해방과 구원의 계기로 찾아온 터이며, 둘만 남은 커다란 집에서 경이로운 일이 일어나게 된다. '나'가 아기를 품에 안자, 아기는 점점 커지더니 어머니로 변한다. '아기-어머니'는 '나'를 쓰다듬고 달랜다. "많이 울어. 가슴 깊숙이 뭉쳤던 독기를 쏟아내."(183쪽) 그러다가 '아기'는 어느 순간 아내가 된다. '아기-아내'는 깔깔 웃으며 '나'의 코를 장난스레 비튼다. "나는 당신의 깨끗한 눈동자와 환한 웃음을 찾아주고 싶었어요."(185쪽) 해서는 아내와 어머니가 함께 '나'를 포옹하는 상황에 이른다. '나'는 어머니의 자장가 소리를 들으며 단잠에 빠져든다. 이 순간 '나'는 '아기'가 된다. 아기로부터 시작된 변신의 원무(圓舞)는 다시 아기의 자리로 이어진다. 소설은 끝내 그 황홀한 춤을 그린다.

> 엉금엉금, 아기 따라서 온 집안을 기어 다닌다. (……) 아기가 안방으로 나를 이끈다. 아내가 떠난 후 이 년 만에 처음 안방에 들어온다. 아내가 옷장에서 장미무늬 원피스를 꺼내 입는다. 어머니가 연두색 저고리와 분홍색 치마를 입는다. 그들은 울고 있는 나를 일으켜 세우며 같이 춤추자고 한다. 함께 손을 잡고 햇살 속에서 덩실덩실 춤을 춘다. 까르륵까르륵 아기 웃음은 햇살 속에서 마냥 퍼진다. 나는 웃었다 울었다 하면서 아내와 어머니랑 안방에서 끝날 것 같지 않은 춤을 춘다.(186~187쪽)

물론 이 환각의 주인공은 '나'이다. 환각은 아기를 통해 '나'의 몸과 의식에 일시적으로 깃들고 있는 것이며, 현실의 시간에서 계속될 수는 없다. 황홀한 원무로 표현되는 '나'의 해방은 감상적인 자기 위안에 그칠 수도 있다. 그렇다면 허택 소설은 이 난경에 어떻게 대응하고 있는가. 다시 한번 허택 소설의 화법과 방법론이 문제시되는 대목이다.

이와 관련해서 작가는 '나'의 일인칭 시점으로 진행되는 추도식 하루의 이야기 앞과 뒤에 삼인칭 객관 시점으로 기술되는 짧은 서두와 결말을 따로 두는 방식으로 경계선을 마련해 놓고 있다. 일종의 액자 소설적 구성인 셈이다. 이 형식을 통해 '나'에게 찾아온 구원과 해방의 시간은 '나'의 욕망이 일그러뜨린 가족 현실 안에서 다시 조망될 기회를 얻는다. 액자의 프레임 밖에 놓인 결말을 보면 수목원에서 돌아온 가족들에게 여전히 '나'의 변화는 알아차리기도, 수용되기도 힘들다는 사실이 드러난다. 아기와 함께 놀고 있는 아버지를 두고 "아버지가 없어졌어"(187쪽)라고 말하는 아들의 반응이 상황을 압축적으로 전하고 있다. 소설은 '나'가 집을 떠나는 가족들을 향해 간청하는 모습을 보여준다. "누구든지 자고 가면 안 돼?"(189쪽) '나'는 지금 다시 찾아올 고립을 두려워하고 있다. 그러나 '나'의 간절한 바람은 외면되고 가족들은 '나'를 혼자 남겨두고 집을 떠난다. 다음은 소설의 마지막 두 문장이다.

문이 닫히자 외할아버지가 현관에 주저앉으며 목 놓아 운다. 문 앞에서 아기 울음이 하늘을 찌른다.(189쪽)

아기의 천진한 웃음이 불러일으킨 '그리움'의 눈물을 우리는 기억한다. 그 정화의 눈물 속에서 '나'는 어머니와 아내를 다시 만났고, 아기-어머니-아내와 함께하는 행복한 춤을 추었다. 그렇다면 마지막에 객관적으로 기술되고 있는 '그'의 통곡은 앞선 눈물의 무화일까, 아니면 확장일까. 하늘을 찌르는 아기의 울음은 또 무엇일까. 답을 알 수 없는 채로, 허택 소설은 이 눈물들 사이에 존재하는 어떤 정화와 구원의 계기를 믿고자 하는 것 같다. 동시에 '나'가 치러야 하는 대가로서 고독과 적막의 시간 또한 엄연하다는 사실을 외면하지 않으려 한다. 우리는 여기서 허택 소설의 개성적 방법론 속에 표현된 원숙한 균형감각과 만난다. 다르게 말한다면 이는 허택 소설의 자기 정직성이기도 할 것이다.

허택 소설에는 전쟁통에 태어나 힘겨운 시대를 살아낸 어떤 세대의 초상이 겹친다. 현직 치과의사라는 작가의 이력은 몸에 대한 각별한 소설적 상상력으로 이어지면서 인간 욕망의 미로를 탐사하는 많은 이야기를 빚어왔다. 이번 소설집에서도 확인할 수 있는바, 욕망을 둘러싼 선명한 대립 구도는 허택 소설의 중요한 서사적 동력이면서 그 구도를 허물고 넘어서는 소설 화법의 다양한 가능성을 시도하는 원천이 되고 있다. '다르게 말하기'는 알레고리라는 소설 화법의 특징과도 연결되지만, 문학적 새로움을 추구하려는 작가적 의욕의 표현이기도 한 것 같다. 허택 소설에서 '몸'은 끊임없는 소설적 탐구와 발견의 대상이면서 그 자체 소설의 새로운 형식, 새로운 화법을 요구하는 동인이 되고 있다. 늦은 등단에도 불구하고 벌써 다섯번째에 이른 소설집의 상재(上梓)가 보여주는 것처럼, 작가의 지칠 줄 모르는 열정에는 젊음의 시간을 방불케 하는 경이로움이 있다. 그 열정의 힘으로 펼쳐질 앞으로의 세계가 기대된다.

작가의 말

중년의 문학 만학도가 등단 16년의 중견 작가가 됐다. 소설가로서의 초심을 잃지 말자는 다짐은 마음뿐이다. 어느덧 노년의 세월에 접어들었다. 노년이란 핑계로 나태함과 게으름만 늘었다. 백세시대라는 위로는 원고 청탁을 받는 순간 두려움으로 변한다. 노화의 몸은 확실히 세월을 피할 수 없다. '건강'이란 화두를 주워 동년배 문우에게 자주 듣게 된다. 그래도 다섯번째 소설집 발간에 스스로 작은 위로를 한다. 세월이 흐를수록 문학의 난해함에 더욱 심각한 고뇌와 갈등으로 창작의 한계를 느낀다. 그때마다 스승님이신 윤후명 선생님의 치열함과 끈기, 소설에 대한 열정과 고민을 가슴 깊이 새기며 집필했다. 문학의 후학도로서 감히 스승님의 흔적을 좇아가려 한다.

겨울 아침이다. 삶을 겨우 느끼는 연륜에서 평온함과 행복한 미소가 중요함을 깨닫게 됐다. 평온하고 행복한 가정이 인생의 시작이자 끝임을 또한 공동체의 핵심임을 알게 됐다. 칠순을 맞은 아내의 부드러운 웃음을 보니 기쁘다. 16년간 다섯번째 소설집을 낼 때까지 아내의 내조는 항상 포근하고 든든했다. "고맙소이다!" 함께 소설집을 만들었다. 가족과 친우들의 애정 어린 응원에 또한 감사드린다. 문학에의 열정과 각고의 노력을 함께하며 합평의 고언을 해준 문우님들에게 진심으로 감사드린다. 해설을 써주신 정홍수 평론가에게 항상 감사드리고, 함께한 강 출판사 식구들에게 고맙다는 말을 전한다.

2025년 3월

수록 작품 발표 지면

마른장마 _『문학무크 소설』 8호

영도와 여의도 사이 _『문학무크 소설』 11호

상실의 흔적 _『동귀문학회 동인지』

붉은 비닐 노끈 _『한국소설』 2023년 3월호

부부의 초상 _『동귀문학회 동인지』(「뻔한 부부 서로 알기」)

야차 LC _『작가와 사회』 2024년 가을호

웃음과 울음의 원무 _『오늘의 좋은 소설』 70호(「웃음과 울음의 생화학적 증상」)

N번째 살인미수 사건 _『각자의 방식대로 밤을 쓰다듬는 손』(강, 2025)

웃음과 울음의 원무

1판 1쇄 발행 | 2025년 3월 28일

지은이 | 허택
펴낸이 | 정홍수
편집 | 김현숙 이명주
펴낸곳 | (주)도서출판 강
출판등록 | 2000년 8월 9일(제2000-185호)

주소 | 서울시 마포구 동교로17안길 21 (우 04002)
전화 | 02-325-9566
팩시밀리 | 02-325-8486
전자우편 | gangpub@hanmail.net

값 15,000원
ISBN 978-89-8218-362-1 03810